シンポジウム記録集

時代の危機と
向き合う短歌

原発問題・特定秘密保護法・安保法制までのながれ

JN163657

青磁社

＊目次

緊急シンポジウム　時代の危機に抵抗する短歌

於　京都教育文化センター

緊急シンポジウム　時代の危機と向き合う短歌

於　早稲田大学大隈大講堂

シンポジウム記録集

時代の危機と向き合う短歌

——原発問題・特定秘密保護法・安保法制までのながれ

二〇一五年九月二十七日

緊急シンポジウム　時代の危機に抵抗する短歌

於　京都教育文化センター
参加者　約一四〇人

＊本シンポジウムで行われた永田和宏氏の提言「言葉の危機的状況を巡って」は、東京でのシンポジウム「時代の危機と向き合う短歌」で行われた講演「危うい時代の危うい言葉」と内容が重複していた為、割愛することとした。

青磁社

開会のあいさつ

吉川　宏志

こんにちは。本日はお忙しいところ、緊急シンポジウム「時代の危機に抵抗する短歌」に、非常にたくさんの方にご参加いただきまして、本当にありがとうございます。こんなに多くの方に来ていただけるとは思わなくて、皆さん、狭いところにぎゅうぎゅうになってしまいまして、本当に申し訳ありません。心よりおわびを申し上げます。

この会は、七月の終わりくらいに急に思いつきました。私も今度の安保法制について、すごく危機感を持ちまして、いろいろな反対運動に参加していたのですが、短歌でも、今何を表現すればいいのかを考える会を開きたいと思いました。

急なスケジュールなので、会場が取れず、狭くなってしまいましたが、三枝昻之さん、永田和宏さんをはじめ、皆さんにご協力をいただきまして今日を迎えることができました。関係者の方々にはお礼を申し上げたいと思います。

残念ながら、安保法制は可決されてしまいました。皆さん、参議院の特別委員会の採決を見たと思いますが、非常に暴力的なかたちで決まってしまいました。あれを見て、私もすごくびっくりしましたし、異常だなと思いました。憲法違反の疑いが濃い法律なのですから、少なくとも、権力側がだまし討ちのような方法で議論を打ち切るべきではありませんでした。ああいう異常な状態を異常と思えなくなっているというか、本当に怖い時代になっているなとすごく感じます。

短歌や文学で何ができるか、いろいろな考え方があると思いますが、それをぶつけ合って、全員、自分で考えていく。そういうことをこれから積極的にやっていく必要があるかなと私は考えています。

今日の流れですけれども、三枝さんには戦時中の短歌のことを中心に講演をしていただきます。戦時中、短歌は言論弾圧があったり、戦争協力をしたりした歴史があります。そういう歴史を振り返りながら、現在をどう考えるかというテーマで、お話をしてもらいたいと思っています。

次に、永田さんに、現在の言葉の危機という観点から提言を行っていただきます（九一頁参照）。

最後は鼎談ですが、中堅世代の方に集まってもらいまして、現在、どういうことを考えているのか、率直に話してもらいたいなと思っています。

私もいろいろ言いたいことがありますが、今日はもう時間がないので、最近、中日新聞に書いたもののコピーを配らせていただきました（七二頁参照）。私の考えは、これを読んでもらえればありがたいです。

それから、お手元の資料にメッセージを書く欄があると思います。これは、近いうちにこのシンポジウムの記録集を出そうと思っておりまして、そこに、皆さんからいただいたメッセージを掲載したいと思っております。メッセージを書いていただければ掲載するようにいたしますので、ぜひ、ご参加くださいますようよろしくお願いします。

今日の会を第一歩としまして、今後、こういうシンポジウムを、いろいろな場所でどんどんやっていきたい。どんどん広げていってもらいたいと思っています。
では、今日一日、時代の危機の中で短歌は何ができるか、皆さんと一緒に考えていきたいと思います。よろしくお願いいたします。

講演

時鳥啼くなと申す人もあり

三枝昻之

ご紹介いただきました三枝です。若いころを思い出します。私が、大学生から教員になりたてのころにかけて、ベトナム戦争反対のシンポジウムがよく開かれていました。べ平連（ベトナムに平和を！市民連合）が市民運動をしていて、それに呼応するようなかたちで、短歌のシンポジウムもいろいろなところで開かれたのです。

サルトルとボーヴォワールが来て、シンポジウムをやったこともあります。「飢えた子どもの前で文学は可能か」という、ものすごいタイトルでした。しかし、どうでしょうか。いま、こういう問いを投げ掛けられたとき、皆さんはどう答えるでしょうか。

そのときの私たちはもう切実な問いとして受け止め、いろいろ議論をしました。いま、そういう熱気が去ったのは、私たちが年を取ったからではなくて、時代がそれをずっと遠ざけてきたからのように思います。

今回、こういうかたちでシンポジウムが開かれるのは、私にとっても、とても刺激的なことです。今の時代のいろいろな問題について、自分たちが行動しなければ広がらないし、危機に対する認識も再確認できないわけですから。吉川宏志氏が、今日は第一歩だと言っていますけれど、私もそれを受けて、何か東京でできないかと考えております。

今日の私の講演は、今回のこと（安保法制）には直接触れないと思います。もう少し過去の時代と表現のせめぎ合いがどんなかたちで行われていたかが中心なのですが、せっかくですから、最近の短歌で目に留まったものを紹介させていただくことから始めたいと思います。

「短歌研究」の今年（平成二十七年）の九月号に載った橋本喜典《よしのり》さん、キテンさんと私たちは言いますけれど、その方の歌です。


蒼波のわだつみの声に杭を打つ「だまれ」はかつての軍人言葉　橋本喜典

蒼い波のわだつみの声に、杭を打つ。「きけわだつみのこえ」をどこかで意識しているのでしょうが。

「「だまれ」はかつての軍人言葉」から何を思い出したかといいますと、今回の安保法制でいろいろな政治家が、いろいろなことを言っているなかで、政治家の言葉がとても貧しくなっていると感じたことです。その極めつけは、自民党の副総裁、名前はあえて言いません。副総裁が、国民のためだから国民全体が反対してもやると、説得できなくてもやると。

これにはあきれました。あきれた言葉はたくさんありますけれども、説得できなければ、説得して政治を行うのが政治家のいちばん基本的なマナーですから。そのマナーを忘れたまま、国民のためだから国民が反対してもやるという。これは、橋本さんがいう、「「だまれ」はかつての軍人言葉」にぴったり重なるような気がします。

つまり、橋本さんから見ると、いまの政治は軍人言葉が横行している。そういった危機感がおありなのだろうと思います。

このような時代に歌人はどういう言葉をもって対処するかが問われる。そのなかで、橋本さんは直接、安保法制反対という言い方をしないで、かつての時代の非常に危機的なものと重ねて「「だまれ」はかつての軍人言葉」と詠んだ。間接的な布石を打つことによって、現在を打っている。大変参考になる歌人の在り方ではないかと考えているわけです。

一時間という非常に短い時間ですが、まず、タイトルの「時鳥啼くなと申す人もあり」は、号外発行停止を受けた「小日本」に載った俳句です。

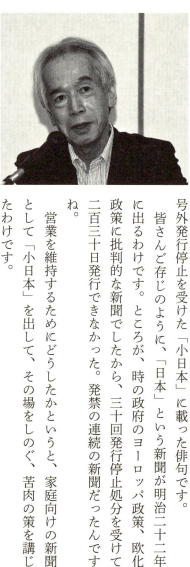

皆さんご存じのように、「日本」という新聞が明治二十二年に出るわけです。ところが、時の政府のヨーロッパ政策、欧化政策に批判的な新聞でしたから、三十回発行停止処分を受けて、二百三十日発行できなかった。発禁の連続の新聞だったんですね。

営業を維持するためにどうしたかというと、家庭向けの新聞として「小日本」を出して、その場をしのぐ、苦肉の策を講じたわけです。

「小日本」の編集主任に起用されたのは、正岡子規です。ところが、正岡子規もけんか早い男ですから、家庭向けという枠には収まらないで、三回発禁の処分を受けた。そのなかのひとつに号外があって、それに載ったのが、この俳句なのです。作者が誰かは、分かりません。こんなふうに正岡子規がいた明治時代にも、表現者と時の権力とのせめぎ合いがあったということを話の枕にして、いろいろなケースを見てみたいと思います。

特に皆さんに思い出してもらいたいのは、石川啄木です。石川啄木は、明治四十三年に二つ、四十四年に一つ、合計三つの文章を書いています。いずれも大逆事件に関する評論ですが、研究者によると最初の「所謂今度の事」は、明治四十三年の六月から七月にかけて書かれたのではないかとされています。書き上げたのが七月と考えてください。

大逆事件の無政府主義者の爆裂弾事件が報道されたのが、明治四十三年の六月二日です。その翌日に、事件に対する反応の文章を書いて、そこから「所謂今度の事」という文章を書くわけです。

新聞社は、爆裂弾事件があったと報道をするわけですが、すぐに検察当局から記事の差し止め命令が出て、その後は記事にできなかった。そういったなかで、啄木は知った事件の内容を書いて、なんとか「朝日新聞」に載せたいと思ったのだけど、もちろん新聞社は自分の報道を差し止められているわけですから、啄木の書いた記事を載せることはできません。

「時代閉塞の現状」は、その翌月の、八月から九月にかけて書かれたといわれています。権力への強い異議申し立ての文章です。いま読んでも、非常に優れた文章だと思います。そのなかに、こんな一節があります。

我々日本の青年は未だ嘗て彼の強権に対して何等の確執をも醸した事が無いのである

表立って、対峙したことがないというのです。

「強権に対して何等の確執をも醸した事が無いのである」という一節ですぐに思い出すのは、学生時代に読んで強く共感した大江健三郎の『厳粛な綱渡り』です。こんな厚いエッセー集で、そのなかに「日本に愛想尽かしをする権利」という、とてもいい文章があります。ながながと説明すると、ちょっと涙が出てくるくらい切ない。原爆で被爆した青年の恋愛問題を巡ってのものですが、ぜひ、機会があったら読んでいただきたいと思います。

その本で、大江健三郎は「強権に確執を醸す志」と言っているのです。もちろん、これは石川啄木の「時代閉塞の現状」の一節を踏まえて活用した言葉です。

明治四十四年の一月二十四日、幸徳秋水たちの処刑が行われた日の夜から、啄木は「日本無政府主義者陰謀事件経過及び附帯現象」を書いています。前日に資料を整理して翌日に事件がどういう経過をたどって、どういう処刑がされたかを克明に記録しています。その記録と当時の関係記事のスクラップを一冊のノートにしていて、素晴らしい仕事だと思います。

自分たちは、今回の大逆事件について、何のアクションも起こすことができない。言論は無力だと痛切に感じた啄木が何をしたかというと、せめて後世にできる限り詳細な記録を残して伝えておこうと。そういう立場で書いたもので、啄木だからできたともいえます。

なぜかというと、啄木は朝日新聞の校正係でしたから、朝日新聞の内部でどういう情報が入ってきて、どういう情報の差し止めが行われているか、現場で見ているわけです。

もう一つの理由は、大逆事件に興味を持ったとき、与謝野鉄幹に平出修を紹介してもらったこと。平出修は「明星」の歌人で、大逆事件の弁護人でもありました。鉄幹が大石誠之助の弁護を平出修にあっせんしたようです。

つまり、被告人の弁護をする平出修は、膨大な陳述書とか、獄中での会見記録とかを持っていた。啄木は、新聞社内部のデータとその弁護士のデータを積み重ねて、できるだけ詳細な記録を残した。それが言論人としての使命だと考えたわけでしょうね。

石川啄木は不思議な男です。啄木の短歌が好きだというと、何か素人だと思われがちでね（笑）。斎藤茂吉のファンですというと、ああ、やはりあいつは分かっているなと、どこかで思われる。啄木というと、ええっ、あのセンチメンタルの男と思われがちです。しかし、実はそうではなくて、彼の短歌はなかなか一筋縄ではいきません。一見誰でもつくれそうな歌ですけど、絶対啄木と同じような歌はつくれません。私は何度も試みたから、実践的にそう思っているのですけど（笑）。

時代の転換期みたいないま、遠い遠い昔のことだけれども、石川啄木という歌人がどんなかたちであの時代と向き合ったか、もう一度ご自身で検証されるのは、かなり大切な行為だと思います。

ただ、啄木の文章を発表できなかったのは、言ってみれば新聞社の自主規制なわけです。時の権力が直接抹殺したのではなくて、結局、国が許さないだろうから、新聞社側で自主規制をかけて、ワンクッション置く。そういった点では、国と表現者の直接的な問題とは一歩違うところがあるのではないかと思います。ただ、朝日新聞としてはとても掲載できる環境ではないとわかっていたわけですね。

では、戦前の検閲について確認しておきたいと思います。いちばん過酷な検閲を受けたのは、やはり渡辺順三たちプロレタリア短歌の人たちです。ここでは渡辺順三の『烈風のなかを』という自叙伝と『史的唯物論より観たる近代短歌史』の二つから、それぞれ例を引いてみたいと思います。

まず、自叙伝の『烈風のなかを』から。改造社が昭和四年に『現代短歌全集』を出すのですが、そこに渡辺順三の「短詩的な作品」という詩が載っているわけです。「短詩的」というから、詩といってはいけない。短詩的な短歌なのでしょうね、彼に言わせれば。

その「短詩的な作品」を見てみると、

××××る爪の落書
××と××の爪の落書
みんなでこの爪あとを深くしろ／××と××を深くしろ／
プロレタリアの××と××を

という表記になっている。渡辺順三は『烈風のなかを』の二行目以下の「××と××」は「恨みと怒り」だといっています。だから、

恨みと怒りの爪の落書
みんなでこの爪あとを深くしろ／恨みと怒りを深くしろ／
プロレタリアの恨みと怒りを

ということなのです。

一行目は、もう本人も分からないそうです。何を入れたらいいかなと、僕も考えたのですが、分からない。本人が覚えていないのだから、こちらが分かるはずがない。

もう一つは、『史的唯物論より観たる近代短歌史』。昭和七年に改造社から出されていて、これもなかなか興味深い経緯です。

与謝野晶子の「君死にたまふことなかれ」を引用していますが、本にするときに、まず、内務省が閲覧をするわけです。

君死にたまふことなかれ／××××××は戦ひに／××××からは出でまさね／
かたみに人の血を流し／××××××よとは／死ぬるを人の×××とは

と伏せ字だらけになっている。

「君死にたまふことなかれ」は歴史に残っている作品ですから、調べればすぐに分かるわけです。伏せ字は「すめらみこと、おほみづ、獣の道に死ね、ほまれ」ですね。

もう一つ、伏せ字になっているものを挙げましょうか。矢代東村の

三十円の俸給をもらひ××××のありがたきことを教へ居るかも　　矢代東村

という歌です。×には「天皇陛下」が入ります。つまり、

三十円の俸給をもらひ天皇陛下のありがたきことを教へ居るかも

という歌になります。

これはやはり、当時としてはまずいですよね。天皇陛下のありがたさを、いやいや教えているのが見え見えでしょう。俸給、つまり金をもらっているから教えるんだよといっている。いったんは伏せ字で本になったのだけれども、販売されてから、やはりまずいということになった。その歌が載っているページごと切り取れという命令が、各地域に流れて、町の巡査が自分の町の本屋へ行って二ページだけ破いて処分をしたらしいです。

渡辺順三の『史的唯物論より観たる近代短歌史』の検閲と、石川啄木の大逆事件についての文章が公表されなかったことから考えて、最大のタブーは天皇批判だったのがよく分かるわけです。大逆事件は、天皇暗殺が目的だったということになっているのですから。

天皇批判だけは絶対許してはいけない。なぜかというと、日本は神の国で、天皇は現人神。その現人神の赤子が国民とされていたなかで、天皇は国の根幹に関わる存在でしたから。天皇

に関するものは極力厳しくチェックをするようになったのです。

例えば、戦争中に、多くの歌人が天皇のために死ぬという歌をつくっていました。戦中・戦後を批判するときに、意識しておいた方がいいのは、後から見ると、何であんなに天皇に集中してみんな死んでいったり、一つになったのかということです。

戦争が終わって間もなくの「短歌研究」一月、二月合併号（昭和二十一年）で、窪田空穂が戦中を振り返っています。空穂がいうには、昭和十年代に入ると、さまざまな意見があって、政治的な部分で国はとても一つにまとまらなかった。そういうときに国をまとめるのは、宗教しかない。みんなそれが分かっていて、宗教に従ったんだといっています。

この空穂の言葉が、僕はとても印象的です。最後に国を束ねるのは、イデオロギーではなく宗教なんだ。こういう意識を検証しないまま今日の安全地帯で、なぜ戦中の人間はあんなに単純に「天皇万歳」と言ったのかと批判するのはフェアではないですね。

あともう一つ、「短歌研究」十八年の一月号に、こんな伏せ字があるのを紹介しておきたいと思います。


輸送船にて加給されにし金平糖を○○○近き車中にひらく　　遠藤達一

作者は、北支の遠藤さんという人です。それから、橋本徳壽の作品の詞書の、

○○港にむかふ
○月○日○○海上にて敵潜水艦の襲撃をうく

また、十九年の六月に、前田夕暮の「航空母艦」という一連がありますが、

○○噸の母艦ときけど巨大すぎてわが概念と距離あるおぼゆ　前田夕暮

という歌があります。

これらがなぜ伏せ字になっているのか、分かりやすいですね。戦中の検閲は、「○○○近き車中にひらく」や「○○港にむかふ」などは禁止用語ではないものの、日本軍の作戦の一端が見えてしまう。情報の漏洩に当たるので、やはりまずいということです。

ただ、作品としては内務省も悪くないと思っているから、○の伏せ字にしている。なかなか面白いですね。内務省検閲の伏せ字というと、全部××だと思われがちだけど、○○の伏せ字

もある。しかし、伏せ字であることには変わらないのです。

占領軍の検閲は、検閲の跡を残さないのが方針ですけれども、内務省の場合は検閲の跡を露出させるわけです。ちゃんと目を光らせているから、お上に逆らうような表現はするなよというメッセージです。×を露出することによって、ブレーキを強要しているのです。

「短歌研究」九月号（昭和二十年）は、検閲を受けて発行されている。しかし、同じ日本短歌社が出した「日本短歌」の九月号は発禁になっています。ゲラを提出したら、おびただしいチェックが入って作品が削除されるので、検閲の跡がないかたちでは発行できない。だから発禁処分なのです。

だいたい占領軍検閲は、この部分をカットと言ったら、他のもので穴埋めをして出さなければいけない。だから、検閲があったのが分からないようなものができあがる。

ところが、「日本短歌」は投稿雑誌です。専門歌人の作品もありますけど、基本は投稿作品が中心になっている。その投稿作品にものすごくチェックが入っていて、他のもので穴埋めをするのがとても不可能なくらいの量だから、発行禁止になったのです。

一つだけ紹介をしておきましょうか。「短歌研究」の八月号（平成二十七年）に書いたことですが、あらためて少し触れておきたいと思います。

空襲は日々に激しくなりまさり山の寮舎にも焼夷弾を降らす　小泉保太郎

という歌です。これはまずいと検閲側は思ったでしょう。なぜかというと、山の中の寮に焼夷弾を落とす必要は本当はないわけです。つまり、ところ構わず焼夷弾を落としているのが見えてくる。こういう歌にもチェックが入ったわけです。

というのも、占領軍は、アメリカ本国にも検閲の事実を隠していましたから。アメリカ本国には、まだちゃんと民主主義と自由が大切だという層がいますから、そういう層になるべくチェックされないように検閲をしたい。なぜ、無差別攻撃をするのかという批判の材料になると考えたのではないかと思います。

こういうかたちで検閲が行われた。補えるものは補って検閲の痕跡を消すけれども、消すことができないくらい削除指令があるものは発行禁止にする。

ただ、検閲の跡を残さないのが占領軍の方針ですが、実際に隅々まで貫徹されていたかというと、なかなか難しいところがあって。その例を二つ、紹介してみます。

「短歌研究」昭和二十年十一月号の川田順の歌です。

七十度かちしいくさを恃みすぎ一たびにして大きく敗る
無頼漢《ならずもの》盗人どもは剣研ぎ世のみだるるを片待ちけらし

川田順

棒線の部分に削除命令が出ています。ここを削除するとなると、何かで補ってこの歌を生かすか、歌を全部取って他の歌を補って発行するか、二つの方法があるのですが、短歌研究社が所蔵している「短歌研究」昭和二十年十一月号には、原文のまま掲載されている。

ところが、早稲田大学の図書館と日本詩歌文学館の所蔵本を見ると「無頼漢《ならずもの》盗人どもは剣研ぎ世のみだるるを」のところは、空白になっています。「片待ちけらし」だけで、後はない。

短歌研究社所蔵本と早稲田大学所蔵本の双方を見比べると、検閲があったことは如実に分かるわけです。占領軍検閲は大規模に行われましたけれども、個々の現場では、徹底していない部分がかなりあった。どうしてそうなったのか。

例えば、先ほどの発禁になったはずの「日本短歌」九月号ですが、『山口茂吉日記』を見ると、十一月ごろに「日本短歌」の九月号が送られてきたとあります。発禁になってもたぶん一部は社会には出たんです。削除命令とか検閲違反は、当時どういう罰則があったかというと、沖縄での重労働です。だから、かなりやばいと思うけど、手が回らなかったのだと思います。

面白いのは、斎藤茂吉の敗戦直後の作品を巡る動きです。

万世ノタメニ太平ヲ開カムと宣《の》らせたまふ現神《あきつかみ》わが大君《おほきみ》　　斎藤茂吉

という歌。これは八月二十日の朝日新聞と山形新聞に同時掲載されている。『茂吉日記』を見ると、山形新聞の記者が茂吉のところへ作品をもらいに来ます。だから、山形新聞に載るのは当たり前ですけれども、朝日新聞にも同時に載った。

つまり、当時は朝日新聞や山形新聞は個々に存在しているのではなく、山形新聞は朝日新聞であり、毎日新聞であり、読売新聞でもあって情報を共有していた。だから、山形新聞の記者が原稿を取りに行って、朝日新聞に同時掲載するのは当然あると思います。

八月二十日に掲載ということは、戦争には負けましたけれども占領軍はまだ来ていませんから、もちろんこのまま載るわけです。ところが、「アララギ」の十一月号には、転載歌として載ります。

萬世ノタメニ太平ヲ開カムと宣らせたまふ　　わが大君

二字分が空白になっている。つまり「現神《あきつかみ》わが大君《おほきみ》」の「現神《あきつかみ》」は許可されなかった。他の言葉で埋めるわけにもいかないでしょうね。だから、空白のままになっているということです。

さらに面白いのは、二十一年四月に刊行された『浅流』という茂吉の歌集。プランゲ文庫にもこの検閲の実態は出ています。ゲラの段階では、この歌は新聞版のかたちで載っている。けれど、検閲するとき、一部削除でなくて作品そのものの削除命令が出ましたから、『浅流』には載っていません。掲載版『浅流』がある可能性もありますが、どうだろう。僕が持っている『浅流』には載っていません。

一つは、単行本になったこと。単行本のチェックはかなり厳しくなっているから、雑誌のように、載っているものと載っていないものが両方あることはたぶんないと思います。

もう一つは、二十一年の正月に天皇が人間宣言をしたこと。それがやはり大きいと思います。

「短歌研究」の二十年の十一月号に、窪田空穂の

　現つ神吾が大君の畏しや大御声もて宣らさせたまふ　　窪田空穂

という歌がそのまま載っていますから、空穂はよくて茂吉は駄目というのが、もしかしたらあ

ったのかも（笑）。ただ、茂吉はいちばん狙われていましたから、茂吉に対するチェックは厳しかったと思います。

そのことで僕が許せないのは、土岐善麿ですよ。土岐善麿は「短歌研究」昭和二十一年一、二月号の座談会で、編集者に「先生、戦争中に頑張った人間は誰でしょうか」と聞かれて、「斎藤茂吉君もずいぶん頑張りましたね」と言っています。

例えば、シンガポールが陥落したときなど節目にラジオ放送をする。その時に感激の短歌を添えることがある。さて誰に頼むかといえば、やはりまず浮かぶのは斎藤茂吉です。茂吉に一番注文が多い。

いまだったら、例えば安保法制反対の短歌をメディアが特集するときに、永田和宏には依頼がいくけれども、三枝昻之に来るかどうかは分からないというふうな（笑）。要するに、歌人としての信頼度が、結果的に茂吉の歌を多くしたのであって、そういうことを知っている人間が「斎藤君はよくやりました」という。五十歩百歩ですよ。歌の数は茂吉の方が圧倒的に多いけれども、土岐善麿も同じような歌をつくっていたのだから。

僕が昭和の短歌で一番嫌いなのは、占領期です。戦中もひどいことはたくさんありましたけれど、戦後は自分が生き残るために、人の足を引っ張る。これが如実にあらわれている。うまく生きた人間は民主主義歌人になって、立ち回りが下手だった人間は戦犯になる。民主主義歌人というレッテルをめぐる椅子取りゲームです。うまいのは椅子に座れるけれども、立ち回りが下手なのは戦犯になる。前川佐美雄なんか、その典型的な一人だと思いますけれどもね。

お話したいことはまだまだありますが、今回、特に皆さんにお伝えしたいのは、国家による検閲とか新聞社による規制以外に、歌人の自主規制というものです。これは、なかなかつらいところもあります。

例えば、北原白秋の『牡丹の木』の戦中版の「病中吟」六首、

北原白秋

× おほに見《み》む戦《たたかひ》ならず寒《かん》にゐて一《いっ》枝《し》の梅の張り勁《つよ》く剪る
○ 雲は垂り行遥けかる道のすゑ渾沌として物ひびくなし
○ 生きて今亦頼むなし後《のち》何ぞ将たや委ねむひとりし砕けむ
× 息喘ぎくるしき時は雪白《せっぱく》の落下傘を思ふ飛び降りる兵
○ 今ただち止むとふならじ息吐きて枕の下に時計を入れぬ
○ 冬ひらくミモザの枝のひとつかね老さぶ友の笑顔し持て来

×の歌は戦後版にはありません。この二首がないと、がらっと一連の流れが変わります。占領期には仕方がないとしても、占領が終わった後は、どこかでアフターケアをしておかないといけなかった。だけど、しないまま、こんにちまで来ているという例の一つです。

それよりここでは、土屋文明の自選歌集『山の間の霧』のあとがきについて、皆さんと一緒に考えたいと思います。『山の間の霧』というのは、昭和十七年から十九年の作品を集めた文明の歌集です。この後、十九年から二十年にかけての中国旅行歌集、『韮菁集』が出ます。『山の間の霧』は戦争中の作品ですが、結局、未刊のままなのです。未刊のままで、昭和二十七年に『韮菁集』と『山下水』を合わせた抄出歌集『山の間の霧』が出るのです。三冊から抜き出した抄出歌集が出て、それに『山の間の霧』の一部が収録されているということになります。

その自選歌集『山の間の霧』のあとがきで、土屋文明はこんなことを言っています。

「山の間の霧」は戦争中の作品なので、戦争の歌が多い。今は平和時代といふから、戦争の歌は大略除くこととした。併し、それらはすべて発表したものであるから、善意をもつてでも、悪意をもつてでも、何時でも探し出す事は可能である。作者としても、顧みてなかなかよく作つてゐるなと思はれるものもないわけではない。けれど恐らく、単行されることはあるまい。

この文明のあとがきを読んで、皆さんは何を感じますか。僕は、おまえ、ちゃんと『山の間の霧』の完本を出しなさいと読みました。というのは、これは戦争中の歌だから戦争の歌が多いけれども、もう平和になったらしいから出さない。「平和時代といふから」というのがくせ者ですよね。「平和時代だから」ではない。平和の時代だと思っていないんです、彼は。占領軍検閲があるし、第二芸術論があるし。

しかし、「作者としても、顧みてなかなかよく作つてゐるなと思はれるものもないわけではない」と、ここが大切だと思います。「ないわけではない」というのは「ある」ということです。あるけれども、もう出ることはないだろうよと言っている。

戦後という時代に対する土屋文明の不同意。その気持ちがあとがきに如実に出ている。はっきり出ていると思います。戦争中の、いい作品もあるし悪い作品もあるけど、自分から見れば自信作のたくさんのものが出せない。そんな建前ばかりの平和の時代でいいのだろうかという、文明のメッセージを僕は受け取ります。

ですから、可能であれば『山の間の霧』、出したいですね。草の根を分けて調べて。だけど、米田（利昭）さんがこの時期の土屋文明の作品を調べていて、ご自分の大学の紀要に載せています。完璧かどうかは追調査をしなければいけないけれど、その抜き刷りがあるものですから、一つの足掛かりになります。

『山の間の霧』と、既にタイトルを決めているわけでしょう。そうすると、作品を取捨選択し、編集した原稿があるのではないかと思うのです。まず、その原稿の有無を調べるところから始めたいものです。

もし刊行できるようになったら、解説は僕が書くより、永田和宏が書く方がいいな。同じアララギ系ですしね。歌人の系譜でいうと僕は窪田空穂系ということになっています（笑）。窪田空穂系の歌人が、なんで土屋文明に足を突っ込むのかと、アララギの人たちに怒られるかもしれない。

でもつまり、戦争中も戦後も、さまざまな時の政治の圧力が、権力者側の規制だけではなく、歌人による自主規制もある。永田氏の歌に、

権力はほんとに怖いだがしかし怖いのは隣人なり互ひを見張る　　永田和宏

という歌があります。これからもさまざまなかたちで、時代に対して、メッセージを発していかなくてはいけない。どんなかたちでメッセージを発信するのか。ここは政治の場ではなく文学の場ですから、文学の場でメッセージを発するということはどういうことなのか、そんなことを考える一つの小さな小さな参考例にしていただければ幸いだと思います。

意を尽くせない話でしたが、ご清聴をありがとうございました。

鼎談

戦後七十年の軋みのなかで

中津昌子×澤村斉美×黒瀬珂瀾

中津　では、よろしくお願いいたします。特に司会は置かずに進めたいのですが、最初は取りあえず、それぞれが考えてきたことを、一人ずつ順番に話すところから入っていきたいと思います。このまま、私から話をさせていただきます。中津のレジュメ（七八頁参照）をご覧になりながら聞いてください。

最初に、宮柊二の『小紺珠』の歌を挙げたいと思います。ご存じのように、この歌集は宮さんが兵隊となって戦った戦争から戻って後の歌を集めたものです。

地下足袋にわが踏みゆけばいくさより寂しき山の落葉の音す　宮柊二

兵隊と過ぎにし時を空白に君は絵を描きわれは歌を詠む

という歌です。非常に沈痛であり、うつろであり、一冊を読むと深い内省、思索が、歌にずっしりとした重みを与えていることが感じられま

中津昌子

す。

三首目につきましては、後で触れたいのですが、例えばこうした宮さんの『小紺珠』以降の戦後の仕事は、時代を超えて問い掛けてくるものがとても大きいと思います。

いまの状況のなかで、過去の戦争を振り返るとき、このうえない重さを持って問い掛けてくるものがあり、私たちの大きな財産だと思って、最初に挙げました。

次に挙げた竹山広の二首も同様なのですが、人間というものの深いところに目が降りている。宮さん、竹山さん共に、起こっている現象に直接何かを言っているわけではないのですが、奥底から問い掛けてくるものがあり、戦争ということをめぐって、それこそ短歌の底荷のような重みがあると思いました。

次の三首は、比較的最近の女性の歌から挙げてみました。

松村由利子さんの歌で、

虫よけにあなたの植えるマリーゴールドこんな形の防衛もある　松村由利子

というものがあります。「防衛」という言葉が最後に出てきた時ちょっと驚くほどやさしい上の句で、「あなた」という人とか、花の名前とか、人工的でない虫よけの方法が歌に柔らかさを与えていますが、それがそのまま、「防衛」なるものに対する落ち着いた、思慮深い目につながっていると思います。自然の摂理までを含めたまなざしが、「防衛」をさらに一まわり大きな視点から包み込むところにとても惹かれました。

次は、澤村斉美さんの、

葦原の葦に雨ふる夕暮れをうつくしいと思ふだらうよごれても　澤村斉美

という歌。これは、原発事故の後の歌ですが、事故を前提に置きつつ、叙情的で、自分の国、郷土としての国への切ないまでの愛が感じられます。いわゆる短歌的叙情を逆手に取ったような新しさがあると思います。

三首目は永田紅さんの歌です。


葉を揺らし意識するべし人間は漂いやすい蔓なのだから　永田紅

これは連作で鶴見俊輔さんが亡くなったことを詠っておられる中にあって、この一首前には、

あの人ならどう語るかという軸が戦後思想の蔓を支えき　永田紅

という歌があります。その「蔓」という同じ言葉を使って出てきた永田さんの歌は、静謐で思慮深く、箴言性みたいなところがありつつ、詩性を保っている。ふっくらとしたゆとりも感じさせると思いました。

こうした三首を見ていて思うことなのですが、少し話はそれますが、先日、立命館大学の日本近代史の先生で岩井忠熊さんという、元特攻隊員の方のお話を聞く機会があったんですね。

その時に岩井さんがおっしゃったのは、戦争で戦って死んだのは男だったと。これは逆差別のようだけれども、先の戦争を始めたのもまた男だけで、そこに女性はただの一人も参加していない。男が始め、男が死んだのだと。これは

社会構造の問題であって、現代において、ジェンダーという視点からもっと考えられることがあるだろうということでした。柔らかい考え方をなさるなと思いました。いま挙げた三首には、その岩井さんの言葉を思い出させるところがあり、今回取り上げてみました。

次は、京都新聞に投稿された歌です。

声高に安保法案説く車草引ける手を休めずに聞く　隅田享子

（「京都新聞」二〇一五年七月十四日朝刊）

手を休めないまま聞いているという、この生活者の耳に侮れないものをにじませていると思いました。

二首目は、

やばいしか聞こえて来ない若者へほんまにヤバイ安保法案　小見伸雄

（「京都新聞」二〇一五年八月三日朝刊）

これは、京都弁をつかうことで、若い人たちに距離を置かないで話し掛けているような歌です。

第二芸術論のときには、桑原武夫さんなどによって、小さな詩型であることのマイナスが言われました。けれども、こういう投稿歌を見ると、むしろ誰にでも手に取りやすい詩型で、かつ、千三百年の歴史のなかで鍛えられている詩型だからこそ、すくい取れる声があることを思います。日常生活を送るので精一杯だったり、病気、高齢などで行動に移せない人でも、表現できる。

このたびつらつら、『昭和万葉集』の戦時中の歌なども読んでみたのですが、正史、正式な歴史に現れない個人の声を、やはりちゃんと残していると思いました。

私はいままで、記録文学としての短歌に、あまり興味はなかったのですが、改めて短歌というものを、もっと幅を持って考えたいと思いました。いったんここで置きます。


澤村　澤村です。よろしくお願いします。三枝さんのご講演と、永田さんの提言（九一頁参照）をとても興味深く聞かせていただきました。三枝さんの検閲のお話で、巡査が後から書店を回ってちゃんと二ページを切り取る律義さに、少し笑えてしまったりしました。

内務省は、検閲の跡を残すことで、ちゃんと目を光らせているぞという無言のメッセージ、無言の圧力を発していたというご指摘を、そうだったのかと思いながら聞いていました。そんな感想を持ちつつ、自分たちも悠長なことを言っていられる状況にないのかもしれないなと思いました。

ご存じの方もあると思いますが、最近、七十代のおじいさんが安倍首相のポスターにひげの落書きをして捕まり、大きなニュースになりました。安倍さんの鼻の下に、ヒトラーのようなひげを描く。

私なんかは結構笑ってしまうのですが、笑って見ていられるうちは、ああ、まだいいんだなという感覚が自分のなかにはあります。でも、やがて笑えなくなる空気が出てくるのではないかという危機感を、少し持っています。

私のレジュメ（七八頁参照）の、「危機について」というところをご覧ください。昨年（二〇一四年）の七月に、集団的自衛権の行使を容認する閣議決定がなされました。そのとき、私は

「短歌研究」で、たまたま時評を担当していまして、体感としてこれはやばいな、まずいなと思いました。書かずにはいられなくて、書きました。

澤村斉美

その時評の一部を引用しています。

一首目は茂吉の歌で、

悲しさはさもあらばあれ元帥のたましひ継ぎて撃ちにし撃たむ　斎藤茂吉

一九四三年、山本五十六連合艦隊司令長官が戦死したことを詠んでいます。もう少し付け加えなくてはいけないのは、この歌は茂吉がNHKから注文を受けてつくった、放送用の二首のうちの一首だそうです。

山本元帥の死を悼む歌である「悲しさはさもあらばあれ」は、死を悼み悲しさを詠い上げているのですが、下の句で最後に「撃ちにし撃たむ」という、悲壮な覚悟へ気持ちが転じているところに注目したいと思います。

二首目は、筏井嘉一の

島々に玉砕つづくかなしびの極みにぞ見めつひの勝利を　筏井嘉一

これは、一九四四年のサイパン島玉砕の報に接して。三枝さんのご著書『昭和短歌の精神史』では、筏井嘉一全歌集に「サイパン島失陥の頃」という十首があって、そのなかの一首目と説明されています。

日本が守ってきたサイパン島、その島の玉砕を悲しむ、悲しみの極みの後に、勝利を見ようという勇壮な気持ちというか、ほとんど悲壮な覚悟といってもいいのですが、そちらに歌が転じている。

この二首を、時評で引きまして、次のように書きました。

戦死に関連してこのような歌がある。（中略）いずれも、かなしみが悲壮な覚悟に転じている。おそらく、戦死という具体に接したとき、歌はかなしみの器となる。かなしみ、死者を称えるしかないという事態が起こってくるのではないか。その時、短歌の文学的批評性はどこへいくのだろう。日本中の空気が戦死者を称えるとき、私は一人、不謹慎なことを言えるだろうか。

これは自分への問いでもありますし、短歌を書く方々に問い掛けたいことでもありました。一つ、考えたのは、集団的自衛権行使が容認されたいま、自衛隊員が死者となって日本に帰ってくる事態もあり得るわけです。そのとき、日本の人たちは、それをどうやって迎えるのだろうということ。

こういった想像から、時評は始まったのですが、まず、悲しみますよね。政府もこれを悲しみ、もしかしたら戦前でいう英霊に祭り上げるかもしれない。それからメディアも、やはり悲しむでしょう。もちろん、死者は悼まれるべきだし、悲しまれるべきである。

短歌もまた、悲しむのに最適というと変ですが、それに適した詩型だとは思うのです。ただ、そのときに第二芸術論の続きのような話になるのですが、短歌の批評性はどこに行くのでしょというのが、私の一つの問いです。

例えば、自衛隊員が戦死する、逆に海外で人を殺すという事態も考えられます。ここには戦前をご存じの方もいらっしゃると思いますが、たぶん私たちは経験がないと思います。戦後生まれの私たちが経験したことのない事態を前にしたとき、批評性というものは吹っ飛んでしまうのではないかなと思うのです。

そこで今回、問題提起したいのは、歌をつくる側の歌に込める批評性と、それを読む側が冷静に受け止めること。読む側が、作品をどういうふうに批評していくかということも含めてその批評性に対して、私たちはどういうふうに詠っていったらいいんだろうということです。

黒瀬　黒瀬珂瀾です。いま澤村さんから、歌の批評性がどういうものであるのかというお話が出ました。

現時点での安保法案を巡る動きが呼び起こす問題とは、国民の自由をどう考えるか。そして、あえて言えば表現の自由がだんだんと奪われていく事態のなか、表現者がどうあるべきかということなのです。

そして、さらなる問題は、誰が表現の自由を奪うのかということです。今日の三枝さん、永田さんのお話のなかでも出ましたが、権力者側が自由を奪う側面はあるけれども、実際それ以上に民衆側から自分の自由を施政者に献上する動きの方が強いと、僕は思います。

僕は、学生時代からずっと一貫して表現自由の運動をやってきました。読売新聞の人名録を見ると、僕は歌人であり、かつサブカルチャーのコラムニストということになっているらしいんですが（笑）、アニメ、ゲーム、漫画といった分野の表現の自由について、運動をずっとやってきました。

いろいろな団体をつくったり、ロビーイングをしたりしました。つくるたびに挫折します。なぜかというと、サブカルチャーの制作者とか、受容者とか、お客さんからたたかれるんですね、

黒瀬珂瀾

そういう表現自由の運動をしていると。それは、サブカルチャーの一つの特徴なのかもしれないですが、やはりそういった性質は常にあるんだなということは考えなければいけない。

この間、高野公彦さんが「現代短歌」の七月号（二〇一五年）に「独酌」という一連を出しておられて、そこに、

いつ見ても空手で歩く安倍首相カバンは〈日本会議〉が持つや　高野公彦

という歌がありました。ああ、高野さん、よくこれを歌にしたなと思いました。

おそらく、現代短歌で、「日本会議」という名前が出てきたのは初めてだろうと思います。政治家個人のことをがんがん言う批評の歌はたくさんあります。しかし、あくまでも安倍晋三さんという方は、フロントマンの一人ですから。政治家は、支持母体の利益代表でしかないわけです。

じゃあ、安倍さんを誰が支えているか。その

構造の一つに「日本会議」という団体があるんだよと、高野さんは歌でさらっと言っているわけです。それをカバンに結び付けて、一編の詩にしようとした高野さんはすごく面白い。

じゃあ、「日本会議」の下にあるのは何なのか。こう言ってしまうと、まるでけなげな民衆がいて、それを支配せんとする権力者たちがいて、さらにそれを支配しようとする「日本会議」のような、何か黒幕がいるような感覚に陥りますね。そうじゃない。「日本会議」は単なる民衆運動であって、そこら辺の魚屋のおっちゃんとか、商店街のおじちゃん、おばちゃんが普通に入っている団体です。

要するに、権力への批判を歌にするとき、非常に危ないのは、権力の行使者が、作者や読者である私たちと別次元にあると考えてしまうことです。やはり短歌というのは、そういうつくり方をしがちです。

そうじゃない。実は権力者であり、さらに権力者と結託しているのは、われわれ自身であることを、これからどうやって歌にしていかなければいけないのか。それを考えないと、歌自身が権力化していくこともあり得る。

この場におられる方々が、いったいどういう思想を持っておられるのかは分かりませんが、世の中には本当にいろいろな思想を持った方がいるわけです。短歌が一つの方向だけに進んでいくのもまた、一つの歌の権力化になってしまうのではないかという気がします。それがまた、自粛を呼びますよね。

その辺をどういう試みを持って、歌が歌であり続けるというか、表現が表現であり続ける道を探るか。それがいまの時代に、いちばん大事なのではないかなという気もしますが、どうですかね。

中津　いま、黒瀬さんがおっしゃった歌の権力化につながるかな。先に触れなかった宮柊二さんの三首目について話してみたいと思います。宮柊二さんの歌です。

ゆらゆらに心恐れて幾たびか憲法第九条読む病む妻の側《わき》　宮柊二

三枝さんは『昭和短歌の精神史』でこの歌を引いて、

歌人の多くが新憲法を、特に戦争放棄の第九条を言祝ぐ中で、それを危ぶむ一人がいた。宮柊二である。

と書かれています。続いて、この歌にあるのはということで、

それで本当に大丈夫なのだろうか、という疑いであり、恐れである。「ゆらゆらに心恐れて」にその疑いとためらいが表れている。なにをためらい、そして恐れるのだろうか。無防備になること、素手になることである。そこには冷徹な戦争現場をくぐり抜けた帰還兵宮柊二の苛酷な体験が貼り付いている（中略）戦争の肯定否定を越えた国家意志の冷徹さ、人間の理性を越えた狂気の突出を見続けてきた者の眼力でもある。

と書かれています。

今回の「安保法」でも、賛成という意見もあったわけですよね。このことに関わりつつ、短歌という表現、これは表現、詩なのだということに重心をおいて、少し考えてみたいと思います。

六〇年安保のときに小池光さんが書かれた「安保闘争と歌人」（『昭和短歌の再検討』所収）という文章があります。ここで小池さんは相当はっきり言っておられて、

> 巨大な憤りとは、裏を返せばまた巨大な自己肯定であり、それは内省する視点、みずからを見据える表現行為の原点を、容易に見失わしめる（中略）「憤り」なるものが詩の発現を封殺してしまったことへの無自覚さが痛ましい。

また、

> 短歌が民衆の詩であるとするなら、そこにはなにより民衆が民衆であるところの無限の多様性が投射されていなくてはならない。ところが多く民衆の詩を語る側にあっては、民衆はごく一様な表情と宿命を背負っている。民衆は実体でなくただの観念なのである。そう考えるとき、安保闘争に最前列で物理力として立ちふさがった警官隊のなかにひとりの筑波杏明がいたことは、改めて大切にされてよい。

もう少しだけ挙げますと、

> 安保闘争の短歌は、〈正義〉の側から権力の非民主的、高圧的対応を断罪するトーンで塗りつぶされている。集団と個の問題、相矛盾する内面の葛藤、〈正義〉の中に潜む人間が人間であるゆえの偽瞞《ママ》性……そういう思想的課題を正面から短歌で引き受けようとした痕跡はごく少ない。

として、岡井隆さんの『土地よ、痛みを負え』に触れ、「必ずしも成功したとはいえ」ないけれども、「六〇年安保へのひとつの短歌的挑戦

であった」としておられます。

小池さんの書かれたものを見ても、時代の危機に抵抗するということ、それを短歌という表現において、文学のあり方として考えようとする時、やはり話はそう単純ではないと思うわけです。

さらにもっと時代の近いところで行われた、二〇〇七年の「いま、社会詠は」というシンポジウムで、高島裕さんはこんな発言をされています。

歌にとって大切なのは、歌を通じて同時代の詠み手だけでなくて過去の詠み手、それから自分が詠んだ歌が未来に残るならば、未来の詠み手との魂の交感です。（中略）その積み重ねが日本の文化と精神を豊かにし、そのことが国を守ることにつながっていると思います。社会詠に限らず魂を太くする、豊かにするような、そういうよい歌を詠み続けるということが、歴史のなかでの歌人の仕事だし、そこに歌詠みの喜びもあるのではないかなと僕は思っています。

歌の意義を、だいぶ奥まったところに見い出されています。ある意味、いまの状況でこれでは、迂遠だと感じる人もいらっしゃるかもしれません。でも、とても長い時間を視野に収めた落ち着いた在り方で、私はこういう姿勢ももちろん認めたいし、大切なのではないかと思うわけです。

短いスパンで、歌の表面だけを見ることはしたくない。そういう見方では、見えないものがあるだろうと思いますが、どうでしょうか。

澤村　そうですね。具体的な話になりますが、中津さんから、六〇年安保闘争のときについて書かれた小池さんの文章の話が出て、集団と個の問題が出てきたかと思います。

私は、六〇年、七〇年安保のデモは知らないのですが、伝え聞くところと私の印象からいうと、個人の声が集団に埋もれてしまうというか。権力者側だけでなく、デモを行う民衆側も同じスローガンを唱えなければいけなかったり、組織に動員されたりだとか、そういうのがあったのではないかと思います。

私のレジュメの「「個」として詠うということ」に、清原日出夫の歌を一首引いています。清原日出夫は、六〇年安保に学生として参加していた一人です。

不意に優しく警官がビラを求め来ぬその白き手袋をはめし大き掌　清原日出夫

何処までもデモにつきまとうポリスカーなかに無電に話す口見ゆ

という二首がとても有名になりました。

彼は、権力対デモ運動の対立構図を歌にするのではなくて、そのさなかにありながら、自分個人はどう詠うかといった視点から存在を見つめる作品を達成したという評価がなされています。

国会デモをめぐる反目に会議終う帰らん帰りて毛を読むべく　清原日出夫

という歌も、染みるものがあるなと思います。デモのなかにも、やはりいろいろあると思います。国会デモに自分も参加して、集団として、組織としてどうまとまっていくか、会議を開いたりしていた。

会議のなかの反目に疲れて、もう帰ろうと思う。帰って、自分一人の時間に戻って、毛を読もうと。毛は毛沢東です。集団のなかの一人から、個人としての自分に戻ろうとする。

短歌は、人を個に戻すところがある詩型だと思います。先ほどの短歌の批評性の話ともつなげると、個に戻って詠うところに、批評性を保つヒントがあるのではないかなと思っています。

黒瀬　そうですね。でも、政治活動にしろ、何にしろ、一つの声を上げるときに集団性というものは、どうしても必要になってくる。そのなかで、どうやって個人の声との対面があり得るかということですね。

先ほど思ったのは、永田さんがデモで話をしたときに、政治家の声の発し方と、学者として話された永田さんの声の発し方が全然違うということ。

このなかに、歌を専らとされている方がどのくらいおられるか分かりませんが、われわれは、歌を選んだ。歌をつくることを表現の一つとして選んだ者として、どういう声があり得るのか、やはり考えないといけない。個というものの声をどうやって届けるか。大いなるものに巻き込まれないような個の声を、どう捉えるか。

先ほど中津さんが、高島裕さんの発言を取り上げられましたが、高島さんは、民族主義の立場で発言しておられると思います。僕は、高島さんとは富山で家族ぐるみの付き合いをさせてもらっています。思想は違いますが、一緒にお話しすると楽しいし、信頼できる。

今、リベラル的な声は、非常に歌にのるのだけれども、保守系の人の歌が全然聞こえないのは、保守系の歌の感覚が個に徹しているのですね。つまり、集団政治をあえて詠わないという感覚。これは面白いなと思いました。

古屋寛子さんという方がおられまして「古今」の人ですが、二首挙げます。

韓国の大統領は嫌日のきはみなれば反韓つのりチャンネル変へる　　古屋寛子

前提にも反対となふるセンセイは愛国心より自己愛がお先か

技巧的な歌なわけではないのですが、歌集のなかで、中国とか韓国に対する反感を非常にストレートに詠っておられます。

こういう歌をまとめて角川から歌集を出されたのは、すごいなと思います。そして、これを見ると、歌になることとならないことの差がよく分かってしまいます。

古屋さんの歌を見ると、世の中に漂っている意見をそのまま歌にしても、歌になりづらいのでは、と思えてきます。それから、現状肯定とか、現政権肯定も自己肯定につながってしまうので、それもなかなか歌になりづらいです。

逆に、現状否定、現在の政権否定を詠うときは、最初から歌になりやすいアドバンテージを持ってしまっているのですね。私たちはそこに、あまりにも乗り過ぎていないか。

つまり、そこに乗り過ぎてしまうと、逆に歌が個ではなくなって、埋没してしまって、読者の耳に届かないことになりかねない。

これは、先ほど永田さんがおっしゃった、歌人が自己目的化していないかという内容とつながってくると思います。社会を詠むこと自体が、すでに歌になり得る。この、歌になりやすいところに、歌人が乗っかってしまう危なさについて、考えていかないといけない気がするのです。

そうすると、歌人だけでない言葉、しかし、それでいて政治家のものではない言葉を求めなくてはならない。経済的効率の良い、ファストフードのような言葉、ファスト言語とでもいうようなストレートに伝わる言語を否定しつつ、あくまでも短歌としての韻文性を追求するなかで、どうやって言葉をより人に伝えていくのかという問題が、出て来ると思うのです。

どうしましょう。次の話にいきますか。

中津　続けて、お話ししていただければと思いますが。

黒瀬　斉藤斎藤さんの歌集『渡辺のわたし』のなかに、「ありがとう」という一連があります。そこから五首を引きました。斉藤斎藤さんの言葉は、非常に散文的に見えます。世の中に流通している言葉のように見える。

例えば、

　攻撃中ですが時間を延長せず、皇室アルバムをお送りします。　斉藤斎藤

という歌。「攻撃中ですが時間を延長せず」は、野球を想像しますね。「ジャイアンツの攻撃中ですが」、「阪神の攻撃中ですが」とか。相撲じゃないですね、相撲は攻撃しませんから。「皇室アルバム」という、政治的な象徴性の強い言葉があるだけで、本来はスポーツ中継の言葉である「攻撃中」に多義性が出ます。

「ありがとう」の一連は、全体的にイラク戦争の問題について詠っています。散文的な言葉には、読者にも作者にも書いてある文字を同じ意味に捉えさせるという、約束ごとがあります。

しかし、韻文は、それをひっくり返す。受容

する過程のなかで、単語の持っている力を幾度にもひっくり返す力がある。斉藤さんは「攻撃中ですが」という言葉をひっくり返しています。

イラク戦争に反対住人が主人公日本共産党
アロエ　　　　斉藤斎藤

これもよく分からない。たぶん、街を歩いていて、「イラク戦争に反対」というポスターが貼ってある。その横に、「住人が主人公」というポスターが貼ってあって、また横に「日本共産党」というポスターが貼ってある。さらにその横にアロエが置いてあったのかな。

ある種、非常に政治的メッセージ性が強いポスターの言語を一つの街の風景みたいなものに転換することによって、政治を批判するにも定型に陥っていないかという批判を呼び起こしているわけです。

そして、この歌の後に、

アメリカのイラク攻撃に賛成です。こころのじゅんびが今、できました　　斉藤斎藤

という歌を読まされたとき、読者は何を思うかです。

この歌は、散文に見えて、韻文のテクニックをものすごく使っている。これはおそらく、短歌を詠んでいない人にも伝わるだろう。もしくは、短歌を詠んでいない人の方が、素直にこういった批判性みたいなものを受け取れるのではないかという可能性を感じています。

もちろん、『渡辺のわたし』は、もう十年以上前の二〇〇四年の歌集なので、時代状況が違うといえば違うのですが。この一首がある種、アメリカのイラク攻撃に賛成している日本、政府に対して微妙に皮肉めいた視線を出している。

反対か賛成かは言わないのだけれども、社会に対して、このまま流されてはいけないんだよ。ここでいったん、止めて、みんなで考えようよというメッセージを出している歌だなと思います。

レトリックとしては非常に高度なのだけれども、敷居が低いですね。普通に本を読んだり、作品を読んだことのある人だったら、この歌の反語性みたいなものは、すっと受け取れると思います。

散文というか、ファスト言語というか、そういう経済効率のいい言葉ばかりが世の中を覆っていく時代。政治の言葉がどんどん軽くなって、直接的な、決して考えることのない言葉だけがばんばん発せられて、それに乗って進んでいく時代。そのなかで、定型という強みを持っている歌人は、定型との親和を持って、散文に支配され過ぎた世界から、韻文を取り戻す力や試みが必要なのではないかという気がします。

斉藤さんの歌は、たぶん、短歌をやっている人にも、やっていない人にも届く一つの例なのですが、今後、そういう例があり得るのか。

いまの状況で歌人以外に届く歌がなかなかできていない。朝日歌壇などの投稿欄に出た歌が広く世に届いていますが、その一方で専門歌人の言葉が、あまり届いていない気がします。そういう意味で、言葉はどういうふうに届くべきなのかという可能性は、追求していかなくてはいけないのではないかと思います。

澤村　黒瀬さんが引いていらっしゃる、斉藤さんの歌を読んだ率直な感想は、時間がたったんだなということです。十年以上ですか。この歌集が発表されたときも、結構論じられたと思いますが、斉藤さんはレトリックが面白かったのです。

一首目の、

　攻撃中ですが時間を延長せず、皇室アルバムをお送りします。

の散文的な言葉が、韻文を侵食するように乗ってきてしまう面白さ。

一方で一つ疑問に思うのは、最後の、

　アメリカのイラク攻撃に賛成です。こころのじゅんびが今、できました

黒瀬さんが少し皮肉を感じるとおっしゃった。私もそう思うのですが、歌になったとき「アメリカのイラク攻撃に賛成です。」という言葉自体が、すごくメッセージ性があると思います。一つの主張を示している。

こうした言葉を短歌の詩型にのせるとき、主語は問題にならないのですか。これは、誰が言っている言葉になるのだろう。「私」ですよね。「私」のありかは、斉藤さんの作品では問題にならないのだろうか、と疑問に思うのですが。

黒瀬　これは「私」であり、そのときの日本人全員なんだと思いますよ。こういう場なので、普通の短歌のシンポジウムとは違う言い方をしますが、このような歌が出たときに、私たちはそこで立ち止まって考えなくてはいけない。歌をやっている人間は、歌について書かなくてはいけないと思います。

斉藤さんの歌がどういうふうに読めるか、いろいろな人に伝える。歌そのものを、私たちはもっと語らなくてはいけない。同時に、今回の安保法案の歌も、歌ひとつが届くことも大事で

すが、歌について論じ合うことで、一首なり、連作なり、一冊なりを巡って、どういう人の、どういう意見が交わされ、どういう思考が回ってきたのか、その過程を差し出していく営為が必要なのではないかなと思います。

だから、いま、この歌について語るのも大事なんだけども、この歌に対していろんな意見があったこととか、この間、ツイッターで吉川さんと斉藤さんがいろいろやったこととか、それを全部含めて、散文の世界というか、表現に対して渇望を覚えている、いろいろなジャンルの人たちに届けていくことが大事なのではないかなと思います。そうしないと、結局たこつぼ化するんです、歌人の間だけで。

中津　いま、黒瀬さんがおっしゃった、歌を届けていくのが大事なのではないかというのは、私もすごく思います。読み慣れていないと、やはり、歌の鑑賞に限度があると思います。

読み慣れていない人に届けるべく、こちらで言葉を調節するのでなく、いろんな背景を持って、豊かに歌はつくりつつ、黒瀬さんがおっしゃったように、普段あまり歌を読んでいない人への橋渡し、いわゆる鑑賞みたいなことも、きめ細かくやっていくのが大事なのかなと聞いていて思いました。

澤村　歌を届けるというお話で一つ。山崎方代の『こおろぎ』から、一首挙げています。

　こんなにも赤いものかと昇る日を両手に受
　けて嗅いでみた　　山崎方代

砂子屋書房のホームページで「日々のクオリア」という一首評の連載が行われているのは、皆さんご存じかと思います。二〇一一年の担当者がちょうど黒瀬さんと私で、毎日交代で一首評を書いていました。当時、黒瀬さんはダブリンとイギリスにいらっしゃって、海外から一首評を書かれているという状況でした。

方代の歌は、二〇一一年三月十四日に黒瀬さんが取り上げて書かれました。黒瀬さんの一首評が、本当に私の心にひびきました。

朝日が昇れば、夜の闇は取り払われ、大気にもあたたかみが増してくる。いつも変らぬ光を地上に降り注ぎ、太陽は命をはぐくんできた。だから朝日はいろんな匂いを含んでいる。空の匂い、土の匂い、そして、命の匂い（中略）小さいもの、大きいもの、近くのもの、遠くのもの。すべての命と向き合う歌が、読者の心に灯りをともす。どんな時でも毎日、朝日は必ず、変わることなく私たちを訪れる。

東日本大震災が起きて、三日後の掲載ですが、黒瀬さんは震災にまったく触れていないのです。触れていないのだけども、私は、震災を意識してこの歌を選ばれ、一首評を書かれているにちがいないと思いました。

「こんなにも赤いものかと昇る日を」は、震災とはまったく関係ない、たった一首の歌である。けれども、それを震災直後に、しかも日本の外から届けたいと黒瀬さんが思われた。ここに強烈なメッセージ性を感じました。詩歌の力があるのではないかと思いました。

もちろん、読者の深読みかもしれないのですが、そのときに必要な詩歌を選ぶ目利きとしての力を読者として、また、詠う者として発揮できるか。この文章はすごく心に残っています。

黒瀬さんを持ち上げているわけではないのですが、ただ、すごくよかったよと伝えたくて。

本当はどうだったんですか。やはり、いま、海外でこの歌を届けなければならないと意識されたのですか。

黒瀬　いや、もう四年前のことなので（笑）、多少は意識したと思います。結局、いろんなシンポジウムで、どういう歌をつくるべきかという話になるのですが、逆に、どう読むべきかが大事だということですね。

つまり、どんな歌人であれ、雑誌や新聞に投稿する方であれ、百人いれば百人、見ているところが違うのです。それを、読みのなかで一つにまとめないで、読者側として、どうやって一つ一つの目をすくい上げて、次の人に手渡すかが、いまの時代に際していちばん大事なのかなという気はします。少し抽象的な話になってきたので戻します。どなたか、具体的なお話はありますか。

中津　残念ながら、そんなに時間がないので、最後に一言ずついただいて終わりにしようと思います。黒瀬さん、言い残したことがあれば、どうぞ。

黒瀬　そもそも大したことも話せなくて、通り一遍のことしか話せないのですが。結論が出るわけでもなし。ただ、今日の三枝さんと永田さんのお話で問題だったのは、自主規制。これがいちばん危うい。

自主規制は役所がするといいますけど、役所にさせてしまうのは私たち住人です。だからといって、役所に電話しろというわけではありませんが。

日々の小さな表現である、新聞の片隅、街のちらしや広報のなかの、他者の声にじっくり耳を澄ます。こぼされそうになっている声を、いかにして聞き届けるか。そして、自分もまた、小さなものを見つめていくことが、歌詠みには求められているのかなと思います。すごく平凡な結論になってしまいますが、どうですかね。

澤村　そうですね。同じく平凡な結論を言います。先ほど、他者という言葉が出ましたが、自主規制の話と絡めると、自分のなかに、他者をどう住まわせるかだと思います。

私のレジュメに、中津さんの歌を三首挙げています。中津さんはイラク戦争のとき、アメリカで一年半くらい暮らされていました。海外で自分を他者として捉えたあと、帰国して、自分の国である日本が歌の題材になっているのですね。

頼まれて歌つてみせる〈君が代〉は狭く開きたる口より漏れる　中津昌子

つよい国でなくてもいいと思うのだ　冬のひかりが八つ手を照らす

国というものを詠うときに、ふだんは空気のように感じている国の仕組みなどを、いったん他者化したうえで、やっと自分の表現の領域に入ってくるところがあると思います。

そういう他者の目をどう保っていくかが、自主規制を防ぐというか、自主規制に陥らないための短歌の批評性を保つヒントになり得る。他者性を大事にしたいなと思います。

中津　最後に現状に対する政治的な考えは少し脇に置いておいて、正直に自分の興味について話したいと思います。

三枝さんの『昭和短歌の精神史』に、昭和十五年についての記述があります。太平洋戦争前の時期ですね。当時の前川佐美雄、坪野哲久、斎藤史らに焦点を当てて書いておられるのですが、この年に名歌集が多出しています。前川佐美雄は『大和』、坪野哲久は『桜』、斎藤史は『魚歌』ですね。

特に佐美雄については、私たちが知っている歌がいっぱいある。三枝さんは、それを分析して、多出する名歌は佐美雄のそれ以前のモダニズムと大和の歴史風土、そこに時代圧力が加わって、その混淆から生まれたと書いておられます。

さらに、

哲久や史を含めて、この時期、時代圧力と歌人たちの詩精神がぎりぎりまで緊張し拮抗して、格別の成果を生んだ。そしてそれは、これ以上時代圧力が強まれば表現が壊れてしまう、その限界点における詩的光芒でもあった。

というふうに書かれています。

歌をつくる者が詩歌人として、時代の危機的状況をどう体験するかを考えるとき、私のなかで昭和十五年は、すごく意識にのぼってくるのですね。

黒瀬　歌をつくっていると、あの歌は予言だったんだと思うことが、たしかに、たまにありますよね。

時代に抗する政治的な力は弱いのかもしれないですが、やはり隣の人と声を交わす、隣の人に声を伝える。隣の人の声を聞く、その一つ一つの積み重ねが、大きな声になっていくのだと思います。ＳＥＡＬＤｓなんかも、やはりそういうことなのだろうなと思います。

それと、昭和十五年の話ですが、中西亮太さんもおっしゃってるんですが、あれは本当に偶然だと思います。昭和十五年がああいう時代だから、ああいう歌集がばっと出たというふうに考えていいのかなあ、と思うときがあって。

圧力というか、危険なものを感じるときに、美しいものを幻視するという物語を欲望するのはよくあるけれど、歴史を考えるときは僕たちは、美しいものを幻視したい欲望に対して、自覚的であるべきじゃないかという気もしますね。

澤村　話の流れに乗っているか分からないのですが、歌人として、その詩歌に関わりながらという内容で一つ。歌人として本当に幸せだなというか、よかったなと思うのは、過去に同じ詩型のたくさんの作品があるということです。

先ほどの、山崎方代の歌もそうですし、小島ゆかりさんの歌、最近の歌ですけれども、

　花見弁当ひらけばおもふ　ほほゑみに消て
　はるかなる〈戦争放棄〉　小島ゆかり

まさにいま、「憲法」に書かれている戦争放棄は、実は自明のものではないし、誰かが保証してくれているわけでもない。「ほほゑみに消てはるかなる」といっていますから、遠いところで私たちにほほ笑みかけている。手の届かないものに思ってらっしゃるのかなと読みました。「ほほゑみに消てはるかなる」は、塚本邦雄の本歌取りですよね。

　ほほゑみに肖てはるかなれ霜月の火事のな
　かなるピアノ一臺　塚本邦雄

この歌を背景に置くことで、小島さんの歌に、

塚本の戦争憎悪が立ち上がってくる。こうしたところが、詩歌の強みだと思います。過去の作品との響き合いのなかで、いまの私たちの立ち位置を確かめられる。

それは歌人として、アドバンテージになっていると思います。私たちは言葉を使う者として、大きな豊かな財産を持っているということを、かみしめて生かしていきたいと思います。

中津　まとまるということは特にありませんでしたが、皆さんが帰って考えられるときの、ちょっとしたヒントが一つでもあればと思います。ありがとうございました。

閉会のあいさつ

松村　正直

今日は皆さん、長い間、本当にありがとうございました。会場がいっぱいになるくらい、ご参加いただきありがとうございます。僕は、ほとんどこのシンポジウムに関わっていないのですが、閉会のあいさつをすることになりました。

実は、あいさつを頼まれるまで、今日ここに来るつもりはありませんでした。吉川さんや永田さんが参加するし、場所が京都なので地元なのですが、正直、こういう場と少し距離を置いておきたい気持ちがありました。でも、今日は来てみて非常によかったです。

三枝さんと永田さんの講演や鼎談は、それぞれの観点から皆さん話されていて、一面的なものではなかったことが印象的でした。

昨今、言葉が軽くなっているとか、政治の言葉だという話がよく出るのですが、政治の言葉が軽くなっていることに対する危機感や批判を通じて、私たちの短歌の言葉が軽くなってしまってはどうしようもない。しかし、今日のお話を聞いて、やはりそうではないんだと、うれしく思いました。

三枝さんのように歴史的な流れを捉えることで、かえって、いまの状況が明らかに見えてくることもあります。永田さんは、朝日歌壇のストレートな歌とかを引かれていて、そういった詠い方も、当然あると思います。

永田さんの問題提起として、レトリックが自己目的化しないというのがありましたが、歌人が社会の問題を詠っていくときに、頭の隅に置いておかなければいけないことだと強く思いました。

三人の鼎談も、具体的に歌を引いてお話ししてくださったので、いまの社会状況に歌や表現としてどういうふうに関わっていったらいいのか、実践的な問題として捉えることができました。今後、歌をつくっていくうえでのヒントがたくさんありました。

少し話が変わりますが、二〇〇七年にこの京都で「いま、社会詠は」というシンポジウムが行われました。そのとき、いまは亡き小高賢さんが、

NO WAR とさけぶ人々過ぎゆけりそれさえアメリカを模倣して　吉川宏志

という吉川さんの歌について書かれた文章があります。シンポジウムの発言ではなく、その前に書かれた文章ですが「吉川さん、デモに行ったことありますか」というものです。最初読んだとき、僕は、デモに行ったことがあるかないかを持ち出したりするから、小高さんは古いんだと思いました。続いて、「自己の意志を表現する一つの権利です。デモが万能だなんて、まったく思いませんが、自分なら意志をどのように表現できるか、デモを見ていても思うはずではないでしょうか。私の受ける感じは、作品にどこか冷えを感じるのです」とあります。

「冷えを感じる」と言われたのは吉川さんの歌だけでなく、僕の歌もそう批判されていました。当時は、もう六〇年安保、七〇年安保みたいな大きなデモが起きることは二度とない、小高さんは古い、自分の方がいまの時代が分かっていると、僕のなかですごく自信があったのです。

わずか八年前の話ですが、いまになって思うのは、当時、八年後の今日のことが全然見えて

いなかったということです。逆にいうと、いまから何年か後のことが見えているのかと思ったら、分かっているようでいても想像以上の事態が起こり得ることまで視野に入れて、歌を考えていかなくてはいけないのかなと、あらためて、小高さんの言葉などを思い出しながら考えております。

結論があるシンポジウムではありませんので、今日、ご参加いただいたそれぞれの方が、家に持ち帰って自分の問題として考えていくことが、とても大事だと思います。

私自身も、自分のなかで何かが変わっていくのが大事だと思いますので、また、いろいろと話をしながら考えていきたいと思います。

本日は、どうもありがとうございました。

シンポジウム参加者　メッセージ

●例えば、先頃可決された安保法制に対する反対派も賛成派も、「戦争を起こさない・起こさせない」という点では一致しているはずであり、一致していなければならない。単純化したレッテル貼りやスローガンのもとに、国際情勢や法制の具体的内容の議論をないがしろにして、拙速に世論を誘導しようとする動きにこそ、我々「言語表現に携わる者」は細心の注意を払い、徹底した議論を重ねなければならない。

……ということで、短歌一首。

戦争法と呼ぶも呼ばずも秋空に清《さや》かなれ反戦のこゑごゑ

江畑　實

●今回の緊急シンポジウム「時代の危機に抵抗する短歌」は、とても意義がある集まりだと思って参加した。プログラムの中では、三枝昂之さんの国家による文学者に対する検閲などについて、いての講演がためになった。特に、石川啄木の「所謂今度の事」（明治四十三年七月）と「時代閉塞の現状」（明治四十三年九月）については、今年になってからさらに関心を寄せていたので、あらためて文学の「時代の記録」という面の重要さを確認した。

今年二〇一五年の八月三十日に、国会前のデモへ行った。

十二万人以上の人が集まり、午後一時四十分頃、柵が決壊して、国会前の道路に人が溢れた。

空撮のヘリからわれら見下ろされ大きな河の一滴となる

翌日の朝日新聞などに載った空撮のヘリからの国会前の人々の写真を見ながら、ぼくはこの短歌を作った（この歌は、九月二十八日の京都新聞の京都文芸の歌壇〈吉川宏志選〉に掲載されました）。

時代の大きな変化の中で、今までの「個人として短歌を作る」という意識も、徐々に変わってゆくのではないか、変わらざるをえないのではないか、とぼくは思っています。

大槻和央

●この度のシンポジウムでは、講演の内容や取り上げられている作品について興味深く聞いていました。

ずっと以前から、日本国内の通信基地は静かに機能し続け、極東軍事戦略の中での日本の重要性はますます高まって来ていました。一方、一年ほど前に国家機密法が成立した翌朝も、琵琶湖畔にはいつもと同じ静かな風景が広がっていました。

土に双葉を植える写真と共に出されていた「平和を作りだす仕事です」という自衛隊のキャッチコピー、乾パンのアイディア料理の紹介で陸佐の号令のもとでの自衛隊の調理の風景が映されたことなど、日常の中にさりげなく入って来ているものへの違和感を短歌にしていきたいと思っています。「武力は人を守らない」「今、頭の上にあるものであれ、外から来るものであれ、権力に心と体の自由を奪われたくない」ということを念頭に置きつつ。

小潟水脈

●安保法案が強行採決された。これは「黙れ！」という圧力である。この圧力にどう抗うことができるのか。また、政治的な言葉では語れぬ「ひとりの実感にそくした言葉」をどう紡いでいけるのか。

今回のシンポジウムでは個人の声を短歌の詩型のうちに拾い上げて手渡す重要性についての言及が印象的で、パネリストの方々から直接的なメッセージで終わらない言葉、自己のうちに他者を棲まわせる言葉への示唆を頂いた。

なによりも先に言葉が奪はれて言葉が民衆を追ひ立てるのだ
まさかそんなとだれもが思ふそんな日がたしかにあつた戦争の前　　永田和宏

永田氏の短歌に詠まれた通りのことが、今すさまじい勢いで進行している。

権力によるメディアの懐柔。デモ主宰の学生に届く殺害予告。反戦平和を説く人に飛ぶ嫌がらせの言葉。シリア難民の子どもの写真を加工し中傷の言葉を盛ってフェイスブックで拡散する人。そんな異常事態をいったい誰が予想しただろう。

状況はひどく悪い。ディストピアを生き抜く短歌を模索していかなければと切に思う。

岸原さや

●カンボジアの内戦が終った直後、カンボジアのアンコール・ワットへ私は旅行し、近くの小学校にノートやエンピツを持って行った。その小学校の先生の印象的な言葉「日本は武器を売らない国でうれしい。カンボジアの子どもはノートやエンピツを買うお金が無い。それは内戦で武器を買う方に使ったからだ」であった。
今、日本は戦争法（安保法制）を通した。その前には、武器を売る国に、秘密保護法を通した。

中国で戦死した叔父の泣いている声が聞こえてくる。

米田靖子

●講演も、提言も、鼎談も、それぞれしっかりした発言で、大変心に響きました。特に永田氏の「歌人は表現者」「傍観者、批評者として終ってはならない」との発言に力づけられました。表現の自由で、本当に怖いのは隣人だ、と言われたことにも、身の引き締まる思いがしました。若い会員の中には、歌に政治を持ち込むなと言う人もいます。しかし、文学で抵抗することの大切さを確認することができました。
犬死のあまた屍を踏み踏みて九条はあり安寧はあり　　吉沢真理
字は力ことばは光と思いたり平和を願う子らの詩読みて　　山地千晶

この会をツイッターで知り、参加させて頂き、時宜を得たこのような超結社の会の意義を強く感じました。

佐藤東子

●私たちが真に対峙しなければならない相手は、現政権や与党ではなく、今の日本社会の人々の心の奥底にある価値観なのだと思う。

私は、安倍晋三という人物がいかなる資質の持ち主なのかを知りながら「景気／経済がよくなること」を最大の判断理由として、参院選・衆院選で自民を大勝させ絶大な権力を与えた有権者の投票行動を、許しがたい。

「お金のためなら、仕方がない」という筋立てが、あたかも、明白な真理であるかのように信じられ、その空気はますます強まっている。それへの疑問は封じられている、というより想定されてもいない。誰もが「経済」の名の下に黙して頭を垂れる。

その疑問の不在をいいことに、「経済」を笠に着た者が、いかに私たちを愚弄しているか。戦争法を通した翌日に安倍は「経済最優先」と口にした。前日までのやりかたを、「経済」の餌を撒いて選挙で大勝して以降のやりかたを、みんなが見て知っているのにもかかわらずだ。経済団体連合会は、法がまだ通ってもいないうちから武器生産強化・輸出強化を公に主張した。

この社会で何を指針として行動するか。ただ自己の内面のみを指針として行動するのが詩歌人であるなら、

「経済」を行動の指針としない人間の一群が

この社会にいること、
「経済」の名のもとに頭を下げない人間の一群がこの社会にいること、
を示してゆくことが、いま詩歌人が社会に存在する意味である。

谷村はるか

●永田和宏氏の提言に深い感動を覚えました。歌人の講演の中でこのような心を打つ話を聞いたことがありません。ここにその共感を書こうと思っていたところ十月四日（日）の京都新聞朝刊の「凡語」に実にうまくまとめられていました。

　その上で歌人たちの声をいかにして一般社会に、人たちに聞いてもらえるようにするかという事が大切な問題です。

　永田氏の指摘された「レトリックを自己流にしてはならない」という言葉、これは重要な事だと思います。そして「憲法九条を守る歌人の会」を立ち上げたいものです。

松田基宏

●秘密保護法から安保法案の強行採決まで、ここ数年、日本が戦前に逆戻りしていくかのような空気に鬱々としてきた。この危機に際し本当の力になりうるものが、言葉であると信じたい。短歌にとっても試練である。シンポジウムの開催ありがとうございました。

森井マスミ

＊参考資料

今、短歌に何ができるか

吉川　宏志

安保法制は、憲法違反の疑いが濃厚である。国民の反対も非常に多いこの法案を、なぜ性急に成立させようとするのか。怒りと不安が、考えるたびに湧き上がってくる。

政府は「言葉」を曖昧にすることで、自衛隊が海外で無制限な活動ができるようにしようとしている。八月三日の「弾薬は武器でないから、他国に提供可能だ」という防衛相の答弁には衝撃を受けた。その弾薬で、他国の罪のない人々が犠牲になっても、私たちは〈平和〉に貢献していると言えるのか。想像力が欠如した「言葉」に、嫌悪感を覚えるのである。

法案が通れば、自衛隊員が戦死したり、逆に現地の人々を殺傷したりする可能性は高まるだろう。戦後七十年、日本人の戦死者はほぼゼロであったと言っていい。今後も、若者が海外の戦争に決して巻き込まれてはならないと思う。

また、海外の戦争の報復が、日本国内に向けられることも十分ありうる。地下鉄で一発の爆弾が炸裂《さくれつ》したら、どれだけの被害が出るか。想像しただけでも身の毛がよだつ。決して私たち市民と無関係な問題ではないのだ。

見えないものを、ありありと想像する。それは文学の重要な力の一つだ。実際に日本人が戦死したら、私たちはどんな感情を抱くのか。テロが起きたら日本社会はどう変わるのか。それをできるだけ生々しくイメージしてみよう。それによって、世界の見え方は変わってくるはずなのだ。安保法案に反対している人々は、未来の恐怖を、今まざまざと想像しているのである。

頭とほす穴あけ縫ひし人思ふオレンジ色の人質の服　大河原陽子

私たちは、二人の日本人を殺害した男ばかりに注目してしまいがちだ。しかし作者は、あのオレンジの拘束服を縫った人がいたことに想像力を向ける。もしかしたらそれは女性だったかもしれず、人質が殺されることに心の痛みを覚えつつ縫ったのかもしれない。それは分からない。けれども、想像を一歩進めることで、事件の印象は深くなってゆく。目に見えない形で、殺人に加担してしまった人の存在が伝わってくるのである。

短歌はとても短い詩型なので、作者の視点を示すことしかできない。読者にその視点から、再び世界を見てもらう。そんな形で、思いを相手に届ける表現方法なのだ。

三割がＰＴＳＤといふ帰還兵　残る七割の「正常」思ふ　　伊藤一彦

イラク戦争を詠んだ歌。「ＰＴＳＤ」は心的外傷後ストレス障害と訳される。戦場で恐ろしい体験をしたために、兵士が心を病んでしまう現象を歌っている。普通は、病気にならないほうが「正常」と捉えられる。しかし作者は、戦争の現実を目撃したために、心を深く傷つけられるほうが、むしろ「正常」なのではないか、と静かに問いかける。作者の独自の視線に、はっとさせられる歌である。

短歌は、あまりに小さくて社会的に無力だと言われることがある。確かにそんな面はある。だが、それだけではないだろう。

私は今、時間があればデモに参加するようにしている。一人一人は弱小な存在だが、デモに行くと、決して無力ではないことに気づかされる。肉声を出すことによって、政治の力に押し流されているだけではない自分を確かめることができるのだ。

短歌を作ることもそれと同じなのではないか。一首一首はささやかだけれど、自分の言葉を発することが大切なのである。自己の視点を持ち続けたい。

（「中日新聞」二〇一五年九月十一日夕刊より転載）

三枝　昂之

●《一》大日本帝国による検閲（戦前・戦中）と自主規制

①石川啄木「所謂今度の事」（明43・7）、「時代閉塞の現状」（同9月）「日本無政府主義者陰謀事件経過及び附帯現象」（処刑直後の明44・1）

②渡辺順三『烈風のなかを』が教える検閲例

・改造社『現代短歌全集』（昭4・9）の「短詩的な作品」

××××る爪の落書　（作者も思い出せない）

××と××の爪の落書　（恨み、怒り）以下同じ

みんなでこの爪あとを深くしろ／××と××を深くしろ／プロレタリアの××と××を

・渡辺順三『史的唯物論より観たる近代短歌史』（昭7・改造社）

＊与謝野晶子「君死にたまふことなかれ」

「君死にたまふことなかれ／×××××は戦ひに／×××からは出でまさね／かたみに人の血を流し／××××××よとは／死ぬるを人の×××とは」

（すめらみこと、おほみづ、獣の道に死ね、ほまれ）

＊矢代東村「三十円の俸給をもらひ××××のありがたきことを教へ居るかも」

（天皇陛下）

・刊行された後、巡査が管轄内の書店を回りこの二個所のページを切り取る。

③「短歌研究」（昭18・1）

輸送船にて加給されにし金平糖を○○○近き車中にひらく　北支　遠藤達一

橋本徳壽詞書「○○港にむかふ」「○月○日○○海上にて敵潜水艦の襲撃をうく」

④「短歌研究」（昭19・6）　前田夕暮「航空母艦」

○○噸の母艦ときけど巨大すぎてわが概念と距

離あるおぼゆ

⑤「短歌研究」（昭20・4） 山脇一人「焦土合掌」
焼原となりし街区《がいく》は灰燼《はひ》ごしに×代橋も×大橋も見ゆ
川端に××並べり火を逃げて潜《かつ》ぎし人かみな濡れ仏
仰向に×にならべて葬《はふ》るとき人間のむくろちひさく見ゆる

●《二》戦後の検閲と自主規制
＊占領軍検閲は検閲の跡を残さないのが基本

①「短歌研究」（昭20・11）の検閲
七十度かちしいくさを恃みすぎ一たびにして大きく敗る　川田順
無頼漢《ならずもの》盗人どもは剣研ぎ世のみだるるを片待ちけらし
（短歌研究社所蔵本と早稲田大学図書館所蔵本）

②斎藤茂吉「詔書拝誦」の「現神《あきつかみ》」をめぐる動き
万世ノタメニ太平ヲ開カムと宣《の》らせたまふ現神《あきつかみ》
わが大君《おほきみ》
・昭20・8・20朝日新聞と山形新聞に掲載
・「アララギ」（昭20）11月号「転載歌」
萬世ノタメニ太平ヲ開カムと宣らせたまふ（空白二文字分）
わが大君　＝「現神」伏字
・昭21・4刊行『浅流』ゲラは新聞版→検閲「トル」。
作品そのものの削除
（参考　現つ神吾が大君の畏しや大御声もて宣らせたまふ　窪田空穂「短歌研究」昭20・11）

③北原白秋『牡丹の木』（昭18・4刊の遺歌集）の戦後版（編集木俣修）
・短歌一〇二首削除。戦中版の「病中吟」六首（初出「多磨」昭17・3）
×　おほに見《み》む戦《たたかひ》ならず寒《かん》にゐて一枝《いつし》の梅の張り勁《つよ》き剪る

○ 雲は垂り行遥けかる道のするゐ渾沌として物ひびくなし

○ 生きて今亦頼むなし後何《のち》ぞ将たや委ねむひとりし砕けむ

× 息喘ぎくるしき時は雪白《せっぱく》の落下傘を思ふ飛び降りる兵

○ 今ただち止むとふならじ息吐きて枕の下に時計を入れぬ

○ 冬ひらくミモザの枝のひとつかね老さぶ友の笑顔し持て来

④土屋文明自選歌集『山の間の霧』後記（昭27刊）

「山の間の霧」は戦争中の作品なので、戦争の歌が多い。今は平和時代といふから、戦争の歌は大略除くこととした。併し、それらはすべて発表したものであるから、善意をもつてでも、悪意をもつてでも、何時でも探し出す事は可能である。作者としても、顧みてなかなかよく作つてゐるなと思はれるものもないわけではない。けれど恐らく、単行されることはあるまい。

注『山の間の霧』は昭和17年～19年の作品を集めた歌集、未刊。昭和27年に『韮菁集』、『山下水』と合わせた抄出歌集『山の間の霧』に一部収録。

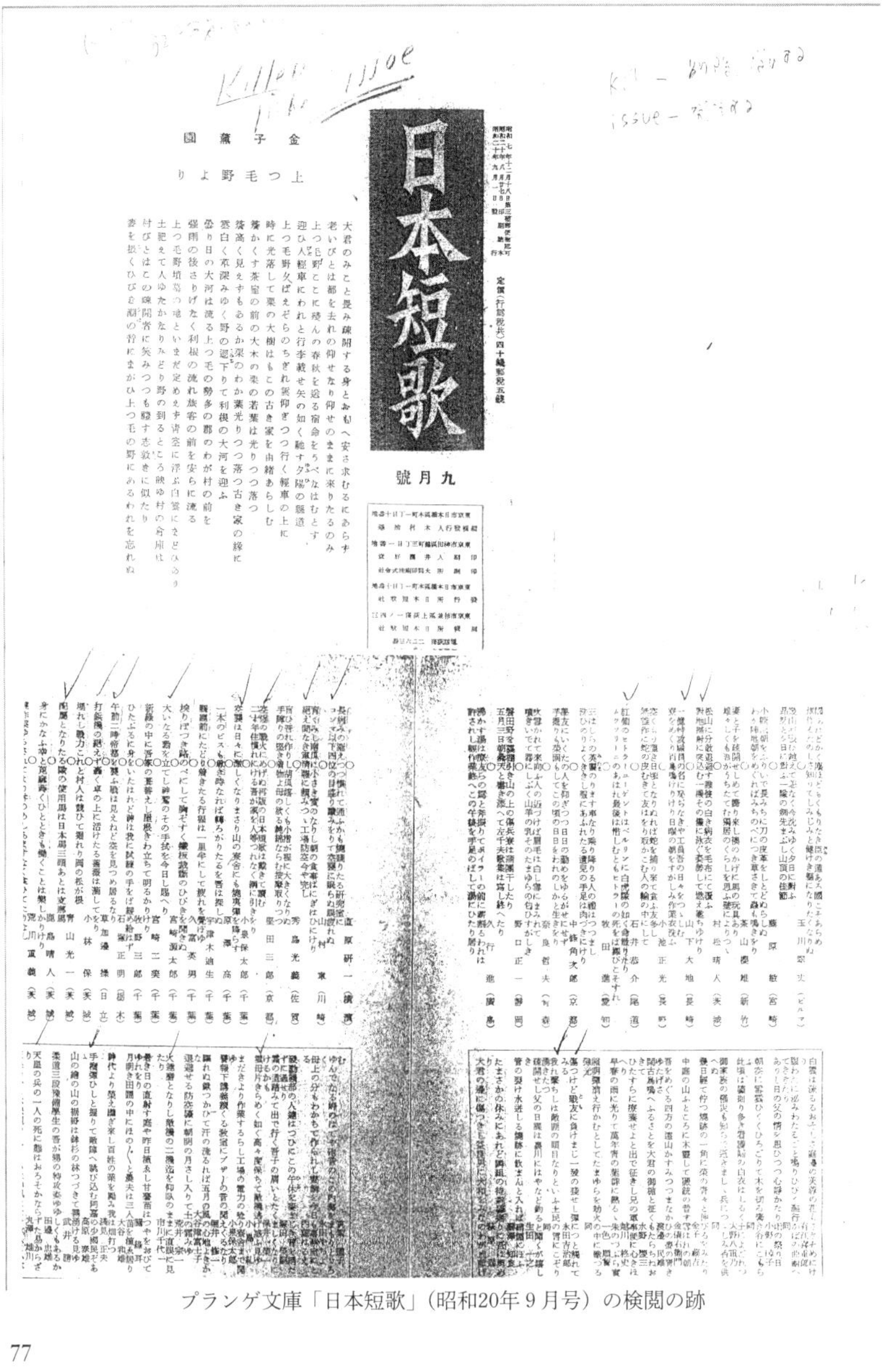

昭和七年十二月十八日第三種郵便物認可
昭和二十年八月廿七日印刷納本
昭和二十年九月一日發行

日本短歌

定價（行爲稅共）四十錢郵稅五錢

九月號

上つ毛野より

金子薫園

大君のみことと畏み疎開する身とおもへ安さ求むるにあらず
老いびとは都を去れの仰せなり仰せのままに來りたるのみ
上つ毛野ここに殘んの春秋を送る宿命をうべなはむとす
迎ひ人輕車にわれと行李載せ矢の如く馳す夕陽の縣道
上つ毛野夕ばえぞらのちぎれ雲仰ぎつつ行く輕車の上に
時に光落して栗の大樹はもこの古き家を由緒あらしむ
篠かくす茶室の前の大木の栗の若葉は光りつつ落つ
篠高く見えずもあるか栗のわか葉光りつつ落つ古き家の緣に
雲白く木深みゆく野の邊下りて利根の大河を迎ふ
曇り日の大河は流る上つ毛の勢多の郡のわが村の前を
强雨の後さりげなく利根の流れ旅客の前を安らに流る
上つ毛野墳墓の地といまだ定めえず青空に浮ぶ白雲にまどひをり
土肥えて人ゆたかなりみどり野の到るところ映ゆ村の[illegible]は
村びとはこの疎開者に笑みつつも瞻す志敦きに似たり
麥を扱くひびき潮の音にまがひ上つ毛の野にあるわれを忘れぬ

プランゲ文庫「日本短歌」（昭和20年９月号）の検閲の跡

中津 昌子

● 地下足袋にわが踏みゆけばいくさより寂しき山の落葉の音す

宮柊二『小紺珠』

兵隊と過ぎにし時を空白に君は絵を描きわれは歌を詠む

ゆらゆらに心恐れて幾たびか憲法第九条読む病む妻の側《わき》

● 戦争をにくしむわれら戦争をたたへしごとくには激しえず

竹山広『葉桜の丘』

おそろしきことぞ思ほゆ原爆ののちなほわれに戦意ありにき

『残響』

● 虫よけにあなたの植えるマリーゴールドこんな形の防衛もある

松村由利子『耳ふたひら』

葦原の葦に雨ふる夕暮れをうつくしいと思ふだららよごれても

澤村斉美『galley』

葉を揺らし意識するべし人間は漂いやすい蔓なのだから

永田紅「短歌研究」平27・9

● 声高に安保法案説く車草引ける手を休めずに聞く

隅田享子「京都新聞」平27・7・14朝刊

やばいしか聞こえて来ない若者へほんまにヤバイ安保法案

小見伸雄「京都新聞」平27・8・3朝刊

● 若きらが親に先立《さきだ》ち去《い》ぬる世を幾世し積まば国は栄えむ

半田良平『幸木』

澤村 斉美

● 1、危機について

悲しさはさもあらばあれ元帥のたましひ継ぎて撃ちにし撃たむ

斎藤茂吉

（澤村註　一九四三年、山本五十六連合艦隊司令長官の戦死を受けて）

島々に玉砕つづくかなしびの極みにぞ見めつひの勝利を　　筏井嘉一

（澤村註　一九四四年のサイパン島玉砕の報に接して）

いずれも三枝昂之著『昭和短歌の精神史』（二〇〇五年）より

　戦死に関連してこのような歌がある。（中略）いずれも、かなしみが悲壮な覚悟に転じている。おそらく、戦死という具体に接したとき、歌はかなしみの器となる。かなしみ、死者を称えるしかないという事態が起こってくるのではないか。その時、短歌の文学的批評性はどこへいくのだろう。日本中の空気が戦死者を称えるとき、私は一人、不謹慎なことを言えるだろうか。（「短歌研究」二〇一四年九月号短歌時評「不謹慎の文学」　澤村斉美）

●2、「国」と私と表現と

家々はリースをドアに飾りつつ兵士がやがて帰り来むドア　　中津昌子『芝の雨』

頼まれて歌つてみせる〈君が代〉は狭く開きたる口より漏れる

つよい国でなくてもいいと思うのだ　冬のひかりが八つ手を照らす

　同『むかれなかった林檎のために』

3／11　あれは貴方の国ぢやないのかと言はれ、テレビを見上げる。

水はあんなに黒くなるのか音の無き画面は暗き朝に開きぬ

3／12　Sky News は一日中、NHKの福島第一原子力発電所の水素爆発の映像を流す。

Dead and missing over 10thousand 誤報と直感すわが常識は　　黒瀬珂瀾『蓮喰ひ人の日記』

こんなにも赤いものかと昇る日を両手に受けて嗅いでみた　　山崎方代『こおろぎ』

（砂子屋書房ＨＰ連載一首評「日々のクオリア」で二〇一一年三月十四日に取り上げられた一首。一首評筆者は黒瀬珂瀾）

●3、「個」として詠うということ

　国会デモをめぐる反目に会議終う帰らん帰りて毛を読むべく　　清原日出夫『流氷の季』

花見弁当ひらけばおもふ　ほほゑみに消てはるかなる〈戦争放棄〉

　小島ゆかり（「現代短歌」二〇一五年五月号）

黒瀬　珂瀾

「表現の自由」の権利とは、何を根拠にするものか。「表現の自由」を狙うのは、一体誰なのか。権力者なのか。

●高野公彦「独酌」より（「現代短歌」２０１５・７）

戦火の匂ひのする男。

いつ見ても空手で歩く安倍首相カバンは〈日本会議〉が持つや

集団的自衛権とはニッポンが火中の栗を拾ふ権利か

晋三の晋三による晋三のための戦争ご免からむる

＊誰を批判するのか。批判が権力化に繋がらないのか。

●斉藤斎藤『渡辺のわたし』より「ありがとう」（Book park・２００４）

攻撃中ですが時間を延長せず、皇室アルバムをお送りします。

イラク戦争に反対住人が主人公日本共産党アロエ

腹が減っては絶望できぬぼくのためサバの小骨を抜くベトナム人

鳴くだけの事ぁ鳴いたらちからをぬいてあおむ

けに落ちてゆく蝉ナイス

アメリカのイラク攻撃に賛成です。こころのじゅんびが今、できました

＊誰の言葉なのか。韻文を散文から守ること。

●高木佳子『青雨記』より（いりの舎・２０１２）

鳥がかう羽ばたくやうに両の手をひろげよといふ、吾はひろげぬ

それでも母親かといふ言の葉のあをき繁茂を見つめて吾は

＊当事者性、とは何か

「等身大の〈わたし〉を機能させられない苦しさが滲んでいる」

同「「原発詠」のわたし」（「短歌研究」２０１５・８）

●古屋寛子『じゃじゃ馬ならし』（角川学芸出版・２０１５）

韓国の大統領は嫌日のきはみなれば反韓つのりチャンネル変へる

前提にも反対となふるセンセイは愛国心より自己愛がお先か

＊なぜ、歌になることと歌にならないことがあるのか。

二〇一五年十二月六日

緊急シンポジウム

時代の危機と向き合う短歌

於　早稲田大学大隈大講堂
参加者　三九〇人

開会のあいさつ

強権に確執を醸す歌人の会代表　三枝　昂之

本日の「時代の危機と向き合う短歌」の開催の経緯をお話ししておきたいと思います。九月二十七日に京都で緊急シンポジウムが行われました。今日のパネルディスカッションを取り仕切ってくださる吉川宏志さんが企画をしたものです。そこで私は近代以降の検閲が短歌にどういうふうな影響を与えたか、検閲の実体と歌人の自主規制の問題について話をしました。

会場に立ち見が出るぐらい熱気あふれた会で、この京都の熱気をぜひ東京へ持っていきたいという声が上がりまして、行き掛かり上、私が東京の会を企画することになりました。企画にあたって「強権に確執を醸す歌人の会」という会をつくったんです。会員は私一人なんですが。このネーミングは、かなり強烈だったらしくて、メディアの中ではちょっと引いてしまうところもありました。

なぜこのネーミングを選んだかといいますと、百年前に石川啄木が大逆事件を知って強い危機感を持った。それで「時代閉塞の現状」という評論を書いたんです。彼は当時、東京朝日新聞の校正係をしていて、朝日新聞の内部の人間ですから、何とか載せられないかとアプローチしたんですが、大逆事件そのものを報道することが禁じられていましたから、残念ながら活字になることがなかった。啄木が死んでから活字になりました。

その「時代閉塞の現状」の中に「我々日本の青年は未だ嘗て彼の強権に対して何等の確執をも醸した事が無いのである」という一節があるんです。私はこの言葉に強く共鳴をしまして、どこかで使いたいと思っていたんです。今回、拒否反応もあるかもしれないけれども、百年前の啄木の無念をこんにちに生かそうというつもりで、あえてこのネーミングを選びました。

話が少し別になりますが、いまから七十四年前の今日十二月六日、択捉島の単冠湾《ひとかっぷ》を十一月の末に出発した日本軍の機動部隊がひたすらハワイへ向かっていました。

その昭和十六年の春に日本各地のエリートを集めて総力戦研究所がつくられたんです。ここは何をするところかといいますと、もし日本とアメリカが戦ったときにはどうなるかシミュレーションをする研究所だったんです。あらゆるところからのデータを集めて付き合わせた結果、八月に一つの提言をまとめます。いろいろなケースが考えられるが、最終的には日本とアメリカが戦ったら日本は必ず負ける、日本必敗という提言です。それを政府に提出しました。当時、陸軍大臣をしていたのは東條英機なんですが、東條はその提言を受けて、戦争は机上の計算だけで成り立つものではない、やってみなければ分からないと反応、提言を無視して戦争を始めた。

この、やってみなければ分からないという東條英機の反応は、いまの言葉に置き換えると君たちは戦争を知らない、「だまれ」ということだと、僕は解釈します。

この「だまれ」は七十四年前のことだけだったのか。今年（二〇一五年）の国会議員の国会やメディアでの答弁を聞いていますと「だまれ」に近い言葉が横行していたと私は思います。

さまざまな例がありますけれども、一つだけ挙げますと、自民党の副総裁の高村さんが、「安保法案」は国民の理解を得られなくてもいいんだ、国民のためだからやるんだと新聞紙面でコメントしていて、びっくりしました。

国会議員は国民を説得して、その上で法案を通す。それが国会議員の役目ではないか。その肝心な仕事を放棄して強行するのは、東條英機の「だまれ」とほとんど同じだと感じます。

こういうふうに、今年は「だまれ」という言葉が、さまざまなかたちで横行した年だということを肝に銘じたいと思います。それをふまえて、「時代の危機と向き合う短歌」のチラシの中に、橋本喜典さんの歌を一首入れました。

　蒼波のわだつみの声に杭を打つ「だまれ」はかつての軍人言葉　橋本喜典

という歌です。いまの時代状況をこれだけ的確に表している歌は、ないのではないかと思います。これだけ軍人言葉が横行している時代に、短歌という小詩型の中で切磋琢磨している歌人たちの言葉は、どういうかたちで対応できるのか。これを今回の大きなテーマにしたく、この集会を企画しました。

　今日は佐佐木幸綱さんにまず挨拶を兼ねた提言をいただく予定でしたが風邪のために御出席いただけません。大変残念ですし、佐佐木さんのお話しを目的においで下さった方も多いはずですから、その点、申しわけなく思っております。その代わり、永田和宏さんの講演、今野寿美さんのミニトーク、吉川宏志さんを中心としたパネルディスカッションと続きますから、皆さ

ん、佐佐木さんの分まで頑張ってくれると思います。

短歌という小詩型がいかに深い言葉、静かな力を持つ言葉になるかということを確認し、実感して、お帰りいただきたいと思います。ぜひ、今日一日を楽しんでいただきたいと思います。よろしくお願いします。

提言にかえて

佐佐木　幸綱

会の初めに挨拶、提言をしゃべる約束をしていながら、不養生のため、三日ほど前から風邪を引き、高熱と激しい咳で、欠席させていただかざるをえなくなりました。お許しください。

今日は四百人ほどの方々が参集されると聞きました。熱気のある会になると思います。熱く、盛会を期待します。

大むかし、私が早稲田の学生だったころの六〇年安保時代の歌壇を思い出します。早稲田短歌会が高橋和巳さん、山崎正和さんらを呼んで今日のような集会をひらいたりしました。当時は、短歌を作るとは、大状況の中に自分を見つける行いであり、新しい大きな物語の文脈を発見する営みだと信じていた、二十代前半の自分を思い出します。

いつのころからか、短歌は大状況、大きな物語とは縁遠いものとなりました。小状況、小さな物語をうたう私的なポエムになってしまいました。
今日の集まりが、歌壇の現状をうごかす会になるかどうか。ぜひ、動かしてほしい。歌壇の状況を変える会になるよう期待する思いをお伝えして、欠席のお詫びの気持ちとしたいと思います。

二〇一五年十二月六日朝

講演　# 危うい時代の危うい言葉

永田　和宏

今日は大きなテーマの集会に、多くの方々がお集まりいただき驚きました。実はこの大講堂で話をするのは初めてです。当初、大隈小講堂で企画されていたんですが、大講堂に変更になったということで。小講堂を小隈《こぐま》、大講堂を大隈《おおくま》と言うんだそうですね、知りませんでした。今日は一時間二十分ほどの時間ですが、お話をさせていただきたいと思います。

資料（一九二頁参照）をつくっておりますので、それを見ながら話を聞いていただきたいと思います。一枚目はアブストラクトのようなことを項目で、二枚目に私の歌も含めて幾つかの歌を引いております。

初めの方の歌は、一般投稿歌です。大変申し訳ないんですが、私は朝日新聞で選歌をしておりますので、主に朝日に投稿されてきた歌ばかりを挙げておりますが、その点はご容赦いただきたいと思っております。

まず、私の歌を見ていただきたいのですが、善しあしは別にして、十首ほど載せております。最初に、

戦後七〇年いまがもつとも危ふいとわたしは思ふがあなたはどうか　永田和宏

という歌があります。

この点が、今日の話の中で最も申し上げたいことであります。こういう時代状況の中で、歌人が「時代に向き合う」というテーマで集まる。そのとき、従来の短歌の集まりとは違う覚悟といいますか、視点が求められるだろうと、私は思っています。

いまの時代状況にどんなふうに対処するか。その時代状況の中でどんなふうに歌をつくりたいか。そういう視点が求められるのであって、単にレトリックがどうとか、歌の意味がどうとかいう問題だけで文学論議として話が進んでいては、こういう場の意味がないだろうと思います。

私は政治的、あるいは社会的なことを詠うのが、歌の使命だとはまったく思いません。ただ、

自分がここだけは譲れない、避けて通れないと思ったときには、歌でいかに対峙できるか、自分に問うてみる必要があると思っております。

私は本来あまり政治的な人間ではありませんし、これまでそんなに積極的に政治、社会のことを詠った歌人ではありませんでしたが、第二次安倍内閣以降の動きを見て、ここだけは譲れないという思いがひしひしとします。戦後七十年の中で、いまが一番危うい時期ではないかと。いま、歴史の現場に立ち合っている人間にとって、この歴史がどんなふうに動いていくのかを、時間軸を先に辿った地点から、もう一度見詰め直すのは難しいけれども、おそらく今という時間は、歴史上の大転換点というか、変換点、更新期にあるということは間違いないだろうと思っています。

そのときに、政治や社会を、歌の一つの素材として扱うのではなくて、その時代にどういうふうに向き合う中でどんなふうに歌ができていくのか、その時代との向き合い方が大切になってくる。あくまで素材としてではないという視点を確認しておきたい。そんな気がしています。

私は社会の動きや事件をいち早く採り入れて、われ先にと、面白い視点、あるいは自分なりの見方で歌をつくるのには反対です。少なくとも、私自身はしてきませんでしたし、社会で起こったことに対して単に反応するのは、悪くはないかもしれないけれども、あまりしたくないと思ってきた人間です。

自分がここだけは譲れないと思えるかどうかを、私も考えるし、あなたにも問うてみたいというのが、先に挙げた私の歌の意味するところであります。歌がいいかどうかは、また別の問題でありますけれども。

今日は、私のあとにも幾つか話がありますが、政治とか社会とかと切り離された、単なるのんきな文学論議をする場ではないということだけは確認をしておきたい。

得てして、歌人、文学者というのは、斜に構えて、政治的なことを正面からいうのは、あまり高級なことではない、それよりもっと高度な、文学的な話の方が大事なんだというかたちで話が進みがちでありますが。それでは、こういった集会の意味がないだろうと思っております。今回の集会の私自身の立場として、こういうことを考えておりますので、まずお話をしました。

ではレジュメに戻っていただきまして、第二次安倍政権のこれまでについて書いております。

先ほど、私たちは歴史上の大転換点に立っているのではないかと申しましたが、安倍政権がこの三年ほどの間にやった大きなことは、おもに三つあると思います。

まず、言うまでもないですが、二年前のちょうど今日、十二月六日に通ってしまった「特定秘密保護法」。あとでお話をいたしますが、非常に怖いことであります。

それから、あまり注目されなかったんですが、従来日本は、「武器輸出三原則」というのを持っておりました。これが改変されて「防衛装備移転三原則」という名前に変わりました。ただ名前が変わっただけではなくて大きな変更があります。従来、武器は原則的に外へ出してはいけない。輸出してはいけない。ただし、特定の場合だけは認めましょうというのが「武器輸出三原則」の骨子であります。

対して「防衛装備移転三原則」は、基本的には武器を輸出してもよろしい。しかし、この武器だけは駄目だ、この国へは駄目だと、駄目な場合を規定する。同じようなことですが、方向は一八〇度反対なんですね。

ところが、ほとんど話題にならなかった。新聞はもちろん取り上げましたけれども、大きな反対運動が起こらなかったのは、とても残念なことだと思っております。

三つ目は、いうまでもなく「安保法案」の可決。七月十六日に衆議院で、九月十九日に参議院で通ってしまった。憲法の解釈を変えることによって、集団的自衛権を認めてしまおうというものであります。

このような動きの中で、今後見えてくるのは、憲法改変。次の参議院選が終わったら、憲法改変にむけて、間違いなく動いていくだろうと思います。最近、新聞にこんな歌がありました。

成立の後にはきっと急かされる憲法改正早く早くと
猪狩直子（「朝日新聞」二〇一五年十一月八日朝刊）

やはり、みんなそう思っているんですね。安保法制が成立した。一つ乗り越えたんだから、次は憲法改正へと進んでいくのは間違いないだろうと。

このような政治的な動きの中で、私が最も強く感じているのは、言葉が危機的な状況に陥っている、まさにそのことであります。

私は、これまで何度か新聞からインタビューを受けておりまして、いちばん最初に受けたのは「秘密保護法」の問題が起きた直後に朝日新聞からでした。そのときに「秘密保護法」は、知る権利というかたちで問題にされていましたが、実は知る権利でなくて知る義務なんだという話をいたしました。

つまり、今日ここに多くの方が集まっていらっしゃいますが、歌人にはこの政治を語る権利があるのではなくて、この政治を、いまの現状を語らなければならない義務がある。そういった集まりだと私は思っています。

われわれは、秘密にされていることを知ることができるんだよというのでなく、知っていなければならないということです。ここは非常に大事なポイントだと思っています。

次に赤旗からもインタビューを受けました。このときは、安倍政権が金科玉条のごとく言っている「民意を受けて」という問題、これはうそだという話をいたしました。民意とは、現在の民意の他に、歴史的な民意もある。歴史的な民意は、一貫して集団的自衛権の使用を禁止してきた。その民意を受けて政府もそれを禁止してきた。

つまり、いまの安倍政権に歴史的な民意を覆す根拠があるのか。現在（二〇一五年九月二十七日現在）、一四．五パーセントですよ、全国民のなかで安倍政権を支持しているのは。一四．五パーセントで民意を得ているといって、歴史的な民意まで自分の側に引き寄せて変えてもいいんだと言えるかどうか、その根拠の問題。これは非常に大きな問題で、私はこのことについてお話をしました。

そして今年（二〇一五年）、京都新聞からもインタビューを受けました。このときは、今日お話しする内容の一部をお話ししました。言葉が非常に危機的な状況になっていて、われわれの元から言葉が奪われようとしている。この現実をどのように考えるのかというお話をいたしま

した。

実際に一年に一回ずつぐらい、重大なことが強行に決められていく中で、言葉を扱っているわれわれは、どのように言葉がないがしろにされているか、あるいは言葉がどのように危機的な状況に置かれているかということを、真剣に考えておかなければならないと思っております。

民主主義はデモクラシーといいますが、ラテン語で、デモスとは民衆、クラティアとは権力という意味です。つまり、民衆が権力を持つ。これが民主主義であります。

民衆が権力を持つとはどういうことかというと、民衆は軍隊を動かしたり、政治を決めたりはできないが、誰もが自由にものが言える。それがたとえ少数者の意見であっても、あるいは政権に都合の悪い意見であっても、尊重される。抹殺されない。圧殺されない。こういうシステムが民主主義、民衆が権力を持つ主義であります。

民主主義というのは、選挙に行けるとか、保障が受けられるとか、属性としてはいろいろあります。しかし、最も根本にあるのは私たち一般の人間が自由にものが言える。言葉こそが民主主義を支える根幹であることを確認しておく必要があるだろうと思います。

現在、その言葉が徐々に私たちから奪われようとしているのではないか。これは私がこの三年、あるいは数年にわたって痛切に感じてきたことであります。


どんなふうに言葉が、われわれから奪われようとしているか。この会場の中にも、まだ実感していらっしゃらない方もおられるかもしれませんが。ここで私は四つに分けて、言葉がわれわれから奪われていくプロセスについてお話をしたいと思っております。

まず一つ、これは非常に分かりやすい例ですが、言論抑圧、あるいは言論統制です。言論抑圧と言論統制は若干違いますが。

例えば、自民党の「文化芸術懇話会」という不思議な会がありますが、そこで大西英男という方が、マスコミを懲らしめるためには、経済界に働きかけて広告料を制限する必要があると発言しました。また、同席していた百田尚樹さんという不思議な人が、「沖縄の二つの新聞社は絶対つぶさなあかん」と言いましたね。私は、関西の人間が「あかん」と言うのはよく分かりますが、こんなところで関西弁を使わないでほしいと思っています。この会に「文化芸術懇話会」という名前をつける感覚がすごいですね。どこが文化芸術の懇話会なんだと思いますが。

これは装いというか、外側の見やすさだけで、ほとんど意味がなくつけた名前だろうと思います。「文化芸術懇話会」などといわれると、なんとなく高尚な文化のことを話すような会だと思いますが、実際はマスコミを懲らしめないといけないとか、新聞社をつぶさないといけないとかいうことが話されている。その会に出席している人たちのレベルがよくあらわれていますよね。

私がいちばんショックを受けたのは、安倍総理がそれに対するコメントを求められて、一応否定はしたが、付け加えて、そういうことを言うのも表現の自由の一つですと言ったんですね。これにはびっくりしましたね。自由闊達な議論、言論の自由は民主主義の根幹であることは間違いない、確かにそうなんです。

ただ、憲法九十九条にはどう書いてあるか。「天皇又は摂政及び国務大臣、国会議員、裁判官その他の公務員は、この憲法を尊重し擁護する義務を負ふ」とあります。

新聞社はけしからん、つぶさなあかん、マスコミを懲らしめなあかんといって、明らかに表現の自由を抑制しようとしている人間に対して、それも表現の自由だと言うことは、国の公務員、それも最高責任者である総理大臣の言う言葉かと思います。これは明らかに憲法違反と言わざるを得ないだろうと思っています。

中公新書に『言論抑圧――矢内原事件の構図』という、とてもいい本があります。矢内原忠雄《やないはらただお》が東大教授を辞めさせられたときの、いわゆる矢内原事件について書かれた本です。事件の最中に言論人がどんどん消えていくわけですが、著者である将基面貴巳《しょうぎめんたかし》さんは、こんなことを書いています。

しかし、消えていった人の声は聞くことができない。沈黙させられている人は、沈黙させられているという事実についても発言することができない。まさしくそこに、言論抑圧という現象が、大半の人々には認知されにくい、ひとつの大きな理由があるように思われる。

われわれはいま自由にものが言えているように思いますが、マスコミを懲らしめないといけないとか、この新聞社はつぶさないといけないとかいうかたちで、言論が抑圧されていく果てに、書く場所、発言する場所がどんどんなくなっていく。

そのときにいちばん怖いのは何かというと、言えないことも苦しいことですが、言えないでいることすら発信できない。これは言論抑圧を考えるうえでいちばん大きなポイントで、いま、言論統制も含めてそうですが、大変難しい問題だろうと思います。

私の歌を見ていただきたいんですが、

権力にはきつと容易く屈するだらう弱きわれゆゑいま発言す

永田和宏

実際、自分の発言をバッシングする動きが特に権力側から来たときに、過去にあったように、それに屈しないでものを言っていける自信があるかといわれると、なかなか難しい。怖いと思いますね。

さらにいうと、屈しないで発言し続けるのは大変立派なことなんですが、それで投獄をされて獄中で死んでしまうのは、やはり、犬死にというと語弊があるんだけど、意味がないのではないかと思っています。

だから、いま発言できるときに発言しておかなければならない。そういう思いがすごく強いです。もし自分がそうなったときに、どういった行動が取れるだろうかと、一人一人が考えるのはすごく大事だと思います。私は、権力による統制という力が私たちの側に入ってきたとき、自分はそれに耐えられないだろうと思っています。だから、そうなる前にいま発言しておきたいというのが、この歌であります。

最近とてもよかったなと思うことがありました。ＢＰＯ（放送倫理・番組向上機構）という組織がありますが、言論抑圧あるいは言論統制に関して先日声明を出しました。

この機構は、これまであまり大したことを言ってこなかったんですが、今回だけは素晴らしかったと思います。ＮＨＫの「クローズアップ現代」で、やらせとまではいえないが過剰な演出が問題になったとき、ＢＰＯは、「政府が個別番組の内容に介入することは許されない」という声明を出して、初めて政府を批判しました。何を批判しているかというと、高市早苗総務大臣がＮＨＫの「クローズアップ現代」とテレビ朝日を呼び付けて事情聴取をし、厳重注意をしたことですね。

政府はこの放送の内容について、ＢＰＯが管理するものだと十分知っているわけですが、テレビ局を直接呼び付けて注意をする。これは、明らかに言論への抑圧の第一歩であると感じられます。

総務省は単に注意といっていますが、当然テレビ局は総務省の認可が必要なわけで、総務省からの注意を受け入れなければ、あとはどうなるか分からないという恐怖を感じるわけです。政府側は、そんなつもりはないといっていますけれども、これは言論が抑圧されていく最初のプロセスだと思います。権力側は、実際に何かを禁止したり、規制したりしなくとも、注意を与えるというその操作だけで、憶測を生むことによって、規制と同じ効果をもたらすことができるわけですね。権力による統制の、常套手段、第一歩です。

その中でBPOがこういう声明を初めて公に出したのは、とても評価できることだと思います。

次に移りますが、（レジュメに）「自粛という形の萎縮」という項目があります。もちろん戦前から自粛をする怖さはあったのですが、いちばん怖かったのは、権力よりむしろ隣組という制度だったと私は思っています。

隣組は本来、相互扶助のためにつくられた組織ですが、一方で、事有るときに相互監視体制を担っていたという側面もあります。隣組の目が怖くて、みんなそれぞれ思い切ったことが言えない、めったなことは言えないというかたちで動いていったわけです。

私は、それを「自粛という形の萎縮」と言っておりますが、現在、それはあちこちで現れております。例えば、一昨年、「憲法を考える歌人のつどい」でお聞きして驚いたことなんですが、さいたま市の公民館で毎月俳句の募集があって、一位になった俳句を公民館の会報に掲載しているんだそうです。ところが、ある女性作者の俳句が掲載を拒否された。こういう俳句です。

梅雨空に「九条守れ」の女性デモ

なんで駄目なのか。公民館側の言い分は、世間で九条の問題が改正かどうか議論されているときに、公民館の会報で一方的に九条を守れというメッセージを送るのはまずい。そういった理由で拒否したんですね。今年になって、作者の女性が裁判を起こしたことも新聞に出ていました。

あるいは高知の土佐電鉄。毎年、市民たちのカンパで、「守ろう9条」というスローガンが書かれた横断幕を電車に張り付けて走っていたんですが、一部の市民から護憲のスローガンばかりを掲げて走らせるのはいかがなものかという抗議があって、今年はやらなかったのだそうです。

この二つはいずれも、みんなの反応を慮るわけですね。どちらか一方の意見だけを掲げるのはまずいと。そのきっかけは市民からの通報である。市民か、あるいは市民を装った何者か、それは分かりませんけれども。

これは戦前の隣組体制が再現されている例だと思っています。誰かの目があり、何かを言ってこられた時、それをはねつけるのが怖い。

ただこれも、先ほど申しましたように憲法九十九条の違反ですね。公民館のスタッフは公務員ですよ。土佐電鉄は私鉄ですからそれには当たらないわけですが。

いずれにしても、公務員は総理大臣から一般の公務員に至るまで、憲法を守ることが義務付けられているにもかかわらず、違反をしているわけですね。こういったことがどんどん起こってきている。とても怖いと思います。

私の歌に戻っていただきます。

権力はほんとに怖いだがしかし怖いのは隣人なり互ひを見張る　　永田和宏

まさにこういう状況だと思います。権力は怖いけれども、身近にいる隣の人の方がもっと怖い。これは戦前のことだったんですが、いまも起こりつつある。そういう気がしてなりません。

自粛とふたとへばそんな迎合がすぐそこにもう見えるではないか　　永田和宏

うーん、あまりいい歌じゃないかもしれないな（笑）。でも、少し実感があるんですね。民衆から言葉が奪われていくプロセスの二番目として、目立ってはいけない、自粛をする。そこに萎縮が生まれるんですね。周りが全部萎縮をし始めると、誰かがあらためてものを言うことができなくなる。みんなが萎縮しているところでは、一人飛び出してものが言えなくなる。

特に日本人は、他とは違うことをするのに非常に憶病な民族だと思います。私自身を省みてもそう思います。いまは少し虚勢を張って言っていますが、本当は怖いと思っています。

他の人と同じことを言っている分には安心だけれども、自分だけ違うことを言うのは怖い。周りが全部萎縮して、何も言わなくなってしまったときに、自分だけものを言うのは、とても怖い。それは大きな問題としてあります。

特に「特定秘密保護法」が動きだして、境界がどこまで設定されるか全然分からない。はっきり言って悪法であります。どこまででも境界を拡げて設定することができる。大丈夫だと思ったことも、それは特定秘密だといわれると、しょっぴかれる可能性もある。こうなると、それに対する恐怖から自粛が生まれるのは明らかであります。特にマスコミがそうですね。とても怖いと思います。

一般投稿歌に、

新聞が責められているされどされど萎縮するなら新聞の死だ

十亀弘史（「朝日新聞」二〇一四年十月二十七日朝刊）

という十亀弘史さんの歌があります。朝日新聞が責められていることを詠った歌です。特に、政府に批判的な新聞は、いろいろなポイントをつかまえて批判にさらされやすい。

確かに朝日の慰安婦問題については、朝日のミスであり、当然責められてしかるべきだと思います。ただ、それをきっかけに、どんどん責められる。それによって、新聞が何も書かなくなる。こういう状況が非常に怖い。私は、朝日新聞の選歌をしていますので、新聞社に行かざるを得ないのですけれど、慰安婦問題の頃の朝日の前は凄かったですね。朝からずーっと、右翼の街宣車が社屋の前に陣取って、延々とがなり立てているんですね。帰るときも車が出られないので、裏口から出るといったこともあり、こういう形で言論というのはゆっくり封殺されていくんだというのを、実感したものでした。

三つ目の項目は「言葉に対する脱感作、不感症の誘導」です。代議士に失言はつきものだという気もしますが、ここ数年は、あまりにも目に余る失言が多い。

例えば、デモはテロみたいなものだ、テロと同じだと言ったのは誰か覚えておられますか、石破茂ですね。他にも「八紘一宇」という言葉が出て来て驚きましたね。「八紘一宇」なんて死語だと思っていましたが、これを言ったのは三原じゅん子ですね。憲法改正をするにあたって、ナチの手口を見習ったらどうだと言ったのは誰か覚えておられますか、麻生太郎ですね。自衛隊を指してわが軍と言ったのは誰ですか、安倍晋三ですね。もう終わりですね。あまりにも失言が多くて、誰が言ったのかさえも忘れてしまいつつある。これは怖いことだと思います。

失言は、取り消されるわけですよ。麻生さんもそんなつもりではないと取り消したし、三原じゅん子も取り消した。この間は武藤貴也が、ＳＥＡＬＤｓの学生も結局自分がかわいいだけで、戦地に行きたくないだけではないかと言っています。この人だけは不思議なことに、これとは別のことでバッシングされて沈黙しましたが。武藤だけは取り消さなかったですが、みんな失言を取り消すんです。

私は、この失言を取り消すということのほうが怖いのだと思っています。取り消されることで、われわれには、より強く印象として残るという不思議な作用があるのです。

皆さんは歌人なので、塚本邦雄さんはよくご存じだと思いますが、私がいまでもよく覚えているのは塚本邦雄に教えられた「見せ消ち」という言葉です。例えば何かを書いて間違って、消しゴムで消すと書いたものはなくなってしまいます。でも、消しゴムではなくて、線で消す。この消し方が「見せ消ち」ですね。「見せ消ち」は、消さないよりも消した方が、その消された文字がより強くわれわれの記憶に残ります。

消された言葉たち、例えば、「八紘一宇」なんていう言葉は、われわれの中にどこか染み込んでくる。いまもそういう言葉が生きているんだという思いがする。すごく怖いことだと思いますね。塚本邦雄さんが挙げておられたのは、

見わたせば花も紅葉もなかりけり浦のとまやの秋の夕暮《ゆふぐれ》　藤原定家

という藤原定家の歌です。「見わたせば花も紅葉もなかりけり」、ないと言っているんですよ。でも、この歌を読んだら、花ともみじを思い浮かべるわけですね。消されることによって、かえって思い浮ぶ言葉があり強く印象付けられる。これが「見せ消ち」だと思います。

私はこういう言葉を繰り返されることが非常に怖いと思っています。なぜ怖いか、われわれが「脱感作」されているからです。私は一応、サイエンティストなので「脱感作」なんていう言葉を勝手に使っていますが、「脱感作」とは、例えば何かにアレルギーがあって、それをな

くしたいときに弱毒性のものを少しずつ感作する。からだに植え付ける。そうすると、少し反応はあるんですが、徐々にその反応が抑えられていく。これを免疫寛容といいますが、免疫寛容状態になって、反応しなくなってしまう。

これは人間の生体にとってはいいことなのですが、われわれが「八紘一宇」とか、そういう言葉に免疫寛容を起こしてしまうとどうなるか。一回目に出てきたときは、すごく反応して、みんなそれを批判するので、その言葉が取り消される。

でも、二回目に誰かが言っても、おそらく新聞にもあまり載らなくなってしまう。みんなそれに注意を向けなくなる。だんだんとその言葉がはびこってくる。こういった状況が起こってくるのは必然のプロセスなのですね。ですから、〈言葉に対する不感症〉を、いかに自分の中で注意深く排除していけるかが、とても大事なことだろうと思っています。

先ほど挙げた失言は、明らかに意図的なものだと私は思っていますが、そういった失言から来る言葉への感性を鈍麻させないことが、今後、大事になってくるのではないかと思っています。

例えば、私の歌に戻っていただきまして

馴らされてゆく言葉こそが怖しい初めは誰もが警戒するが　　永田和宏

は、そういった状況を詠ったものであります。慣らされていく言葉、それこそが恐ろしい。初めは誰もが警戒するんだけど、だんだんと警戒感が薄れて、拒否反応を起こさなくなる。

続いて、四番目の項目ですが「抵抗できないオールマイティの言葉が民衆を追い立てる」と書いています。

残念ながら私は戦前には生きていなかったわけですが、戦前、いちばん怖かった言葉は「非国民」という言葉だっただろうと思います。「貴様は非国民だ」と言われると返す言葉がなかった。あるいは「国賊」という言葉もありました。こういう言葉には反論できない。みんな、おまえは「非国民」だと言われないために、ものを思い切って言わなくなる。こういうオールマイティの言葉は、怖いと思います。先ほど三枝さんが挙げられた、橋本喜典さんの歌で、

蒼波のわだつみの声に杭を打つ「だまれ」はかつての軍人言葉　　橋本喜典

というのがありました。

「だまれ」も、そのうちの一つでしょうね。「非国民」と言っているのと同じ。「だまれ」と

いわれると、もうものが言えなくなる。そういうある種のオールマイティの言葉が、われわれの行動から自由を奪っていく。そういったことが戦前は確かにあっただろうと思います。

ところが、いま、それがかたちを変えてわれわれの中に浸透してきている気がします。恐ろしいと思います。いちばん分かりやすい例が「国益」という言葉ですね。いま、あちこちで「国益」という言葉が出ます。本当は、何が「国益」なのか問わないと駄目なのだけど、いま国会でも堂々と「国益」という言葉がまかり通っている。国の利益といわれると、誰も反対できないんですね。この反対できない「国益」という言葉に、いかに対応していくのか。

半藤一利さんが書いた『日本のいちばん長い日』が映画化されてヒットしています。私も見ました。朝日新聞に半藤さん自身が書かれていたと思いますが、集団的自衛権で最も取り上げられているのは軍隊による防衛についてだが、われわれが考えないといけないのは、軍隊からの防衛だと。おお、これはなかなかと私は思いました。

「非国民」「国賊」「だまれ」という言葉を発していた元は軍隊です。戦後七十年たって、そのころの記憶が薄れかけてくると、「軍隊によって守られる」と、すぐ言葉として出てきたり、あるいは抑止力といった言葉で肯定しようとします。しかし、実はいちばん心すべきは、軍隊からわれわれを守ることなのかもしれない。

世界で革命が起こります。革命は全て軍隊がやるのです。ロシアだけは少し違うけれど、インドネシアでもどこでも、革命は軍隊から起こる。それも一つの変革なので、全てが間違っているとは言えないかもしれない。しかし、われわれの国で軍隊が主導する革命はやってほしくないと思います。

憲法改正について、自民党の中ではすでに具体的な構想が上っていますが、その憲法改正草案の第二十一条第二項に「前項の規定にかかわらず、公益及び公の秩序を害することを目的とした活動を行い、並びにそれを目的として結社をすることは、認められない」という文言があるんですね。「前項」は表現の自由を指します。

「国益」が最優先、「国益」に反しないものであれば表現の自由は保障しますし、結社の自由も保障します。だけど、それが「国益」に反する場合は駄目だということですね。

単に机上の空論ではなくて、日本でもやがてテロの問題は必ず起こってくる。何か事が起こったとき、みんなが反対できなくなる風潮が一挙に出てきます。これがとても怖い。

例えば、私の歌にこういうものがあります。

「私はシャルリー」にいまノンを言へぬフランスはかつてのそしてこののちの日本

永田和宏

「私はシャルリー」を覚えていらっしゃいますよね。シャルリー・エブド襲撃事件を受けて、フランス中の国民が集まって「私はシャルリー」というスローガンを掲げ、同一化しようとした。この団結は、何も非難されるところはないわけですね。ただ、全員が「私はシャルリー」と言っている。その中で反対を表明するのは非常に怖い。フランスのエマニュエル・トッドという歴史人類学者が朝日新聞のインタビューでそう言っていました。

今回のパリのテロもそうです。フランスが一致団結してＩＳ国に対応する。そのもとで、シリアからの避難民が今も続々と入って来ている。これに対してどうするか議論されている。あいう大きなテロ事件が起こったときに、あえて国民が団結しようとするのに反対するのは怖い。これは全体主義ですが、とても怖いことだと思っています。

先ほど「国益」という言葉は怖いと言いましたが、いまそれに近いものがありますね、「一億総活躍社会」。一億総玉砕、一億総火の玉、一億総決戦などという言葉を思い出させる。「一億総活躍社会」というと、反対はなんとなく難しい。でも、ニュアンスとして全体を一つにまとめて、何かをやらなければならないというところに移っていく。それは怖いと思いま

す。最近私が採った新聞歌壇の中に、

「一億」の標語が踊る戦前の苦い記憶を忘れるなゆめ

小松俊文（「朝日新聞」二〇一五年十一月八日朝刊）

という歌がありました。こういう、みんなが力を合わせて何かをやりましょう、というものに対して、なかなか反対しづらい。「積極的平和主義」という言葉も同様です。みんなをまとめようとする、そして反対するのが怖いという言葉によって、社会が引っ張られていく。これも、われわれの言葉がわれわれから奪われていく一つのプロセスだと思います。

われわれ歌人たちは言葉を自由に操れる、そういう人種だと思っております。しかし、いま言ったような四つのプロセスのどれもが、すでにその兆候を見せ始めて、社会に姿を現そうとしている、いま、われわれが、いやいや自分はまだ大丈夫、何でも好きなことを言っていられるよと高をくくっていていいのだろうかという気がしています。

言葉が奪われようとしている、言葉が危機的状況に陥っている。これをいかに自分の問題意識として確認できるかが、歌をつくっていく上でも大事だと思います。

では最後の項目「歌人として「時代に向き合う」とはどういうことか?」について、話をさせていただこうと思います。

機会詠という分野が短歌にはあって、私はとても意味のあることだと思っています。機会詠とは、ある社会的な事件が起こったときに、自分はその事件をどのように捉えるかを歌で表現するという分野です。

なぜ大事かというと、歴史的な事実、この年の何月にこういう事件がありましたという事実は歴史上に残っていきます。ただ、そういう歴史、あるいは歴史書に唯一残らないものがある。それは庶民の感情ですね。われわれ普通の人間が、事件をどんなふうに捉えていたか。これは歴史上には残りません。

歌は、一人の人間だけがある事件を詠っても、残っていくことはなかなかありません。『昭和万葉集』に例がありますが、いろいろな人の歌が集まることによって、開戦がどんなふうに一般の人に受け止められていたか、阪神・淡路大震災がどんなふうに受け止められていたか、事実の記載としての歴史以外に、庶民がその事件をどんなふうに受け取っていたのかが、アンサンブル(集合の和)として残っていくものだろうと思います。そういう意味で、機会詠は、無理につくることはないですが、自分がつくりたいと思ったときには、つくるに越したことはないと思っています。

ただ、最初に申しましたように、人間というのは、いくら社会に対して注意深い目を持っていて、社会を憂いて、いまの政治は困ると思っていても、その全てに対応できるものではない。

例えば、ある人は福島の原発のことをこれだけは詠わなければならないと思って詠っているけれども、別のことを同じウエイトを持って詠えるかといったら、必ずしもそうではないだろうと思っています。

機会詠は大事だと思います。しかし、全てを同じスタンスで、ただの素材としてアクロバティックに表現しましたとか、レトリックを持ってみんなの気が付かない側面を見せますよという詠い方をする。このような方向に行き過ぎるのは、私は少し反対なんですね。

個人的なことをいいますと、9・11のとき、俺は9・11を詠わないとどこかで言った覚えがあります。すごい事件で大変なんだけど、それに向かうだけのモチベーションが、そこまでなかった。単に素材として詠うのは、失礼だろうという気がしました。

われわれにとっては海の向こうの出来事で、事実として六千人亡くなったと知っていても、その六千人に本当に思いを寄せることはできなかった。それで歌をつくるのを躊躇して、結局一首もつくらなかった。

だから、機会詠は大事だと思いながら、単に傍観しているような歌は、少しまずいのではないか。特に歌人の場合は、レトリックでその事件を独自の切り取り方で処理するといったような詠い方で作品が示されることがある。おお、そんな見方があったのかと読者が感心する。それは別に悪いことではないと思うんだけども、正直、それは嫌な気がするし、それだけではないだろうという思いがあります。私のレジュメの最後の項の「レトリックと思いを届けようとする意志」、「傍観から関与へ　素材として政治が択ばれるということ」は、その辺のことを言いたいなと思って選んだ項目なんですが、なかなか難しいことですね。あとのパネルディスカッションでも、おそらく話題になると思いますけれども。

われわれ歌人がレトリックを否定しては駄目だけれど、独り善がりの腕の見せどころというかたちで、事件に向かってほしくない気がします。こうした話をするのに新聞投稿歌を持ってくるのは、新聞投稿歌にはある種の慮りというか、たくらみがないという点で、すごく安心して読める。

もちろん、プロの歌人たちの機会詠、事件を詠った歌で、目を見開かされるような面白い視点を提供してもらうことは多々あります。あっそうか、そういうふうに見ると面白いんだという発見は当然あるわけですけれども、同じ手つきで、他のいろんな事件を素材に詠われていると、えっと思ってしまう。この人の存在に、この社会的な事件はどういう意味を持っているのかと首を傾げてしまうことが多い。

あまりにも私がストイック過ぎるのかもしれないので、自信を持って申し上げることはできないんですが、とにかくレトリックを自己目的化しては意味がないだろう。それが自己満足に陥っても、少しまずいのではないかと思います。

大事なのは、自分がこの事件をこういうふうに思ったんだということを、いかに人にうまく伝えられるか。思いの伝達は、歌の本来の機能の一つでもありますが、それをどんなふうに自分の中で担保できるかが、大事なのではないかなと思っています。

先ほどから政治的な状況をお話しし過ぎたかもしれませんが、歴史的な社会の動きと離れたところで、自分の文学活動は成り立つというものではないという気がしています。レジュメに「創作と行動」と記しています。「紅旗征戎吾ガ事ニ非ズ」として、社会の動きとは隔絶したところで文学活動を行うのか。あるいは「書を捨てよ、町へ出よう」、寺山修司の言葉ですね。これは寺山さんの意味とは少し違う意味で借りてきましたけれども、自分一人の文学活動とは別のところで、例えば、デモに行ったりして行動を起こす。

創作活動とある種の社会活動を、自分の中でどんなふうに位置付けるのか。私自身、このところ新聞にコメントを出したり、アジテーションのようなところで話をしたりする機会が増えてまいりました。本来の私の性質ではないなと思いながら、何となく、そういう場で話をすることが多くなってしまっているわけです。そのとき、創作活動と社会活動をどう位置づけるかがまだ十分に解釈できない問題として、自分の中にあります。

以前に、思いを届けるという話をしたことがありますが、これは今日のテーマでもあります。政治的な言葉と創作者の言葉が、違うということは明らかであります。

九月六日（二〇一五年）に新宿の歩行者天国であった、SEALDsと学者の会の街宣活動に私も出ていました。一万二千人集まったそうで、伊勢丹の前から見ても、紀伊國屋まで届いていたんだそうです。全然向こうが見えなかったですが、私は実は、「安全保障関連法に反対する学者の会」の呼び掛け人にもなっているので、そこであいさつをたのまれて話をしました。そのときに自分でもつくづく感じたのですが、ああ、俺の言葉は政治家の言葉には絶対なれないんだということです。

今日のような会で話をしていると、言葉が皆さんのなかに本当に伝わっているかどうかは分かりませんが、染みこんでいっているなと実感を持ちます。けれど、あの一万二千人の中、しかも戸外でいろんな雑音があり、人々がそれぞれにしゃべり合ったり、何かをしているところで言葉をどんなふうにして届けるのか、非常に無力感を感じました。

政治家の言葉は、何の遮蔽物もなく、どーんと前に出てくるんですね。私のあとで蓮舫さんとか、共産党の志位和夫さんとかが話をしましたが、彼らの言葉はすごい迫力です。

こうでないと民衆には言葉が通じない。そのときに思ったのは、ヒトラーです。ヒトラーは、プロの音楽家のレッスンを受けて、徹底的に自分の発声法から変えた。ここで何回このジェスチャーを入れる、例えば手をどういうふうに出すかとか、そこまで全部計算して演説をした。そのようにして民衆の心をつかんでいった。

あの政治の言葉は怖いですね。やはり、つかまれます。志位さんも素晴らしいと思ったし、蓮舫さんも素晴らしい。ただ、私がそのときに痛切に感じたのは、われわれの言葉はそうじゃないだろうということです。

われわれ学者の会の人間や学生は、いまここでお話しししているようなしゃべり方をする。新宿の一万二千人の前でこういうしゃべり方だと、どこかその辺から、「おい、聞こえないぞ」とか言われて（笑）、もう散々で、二度としないと思いましたけれども（笑）。

あのときつくづく感じたのは、われわれの言葉は、自分で話しながらも、どこかでこれでいいのかと自分で疑いながら発せられている。それを、われわれは本当に信頼できるんだという気がします。ところが、何の迷いもなく、あらかじめ決まったことをただ伝えるだけの言葉は、耳から入ってきても、心の中には響いてこない、そんな気がしますね。

朝日新聞に是枝裕和さんという映画監督が書いていた、とてもいい文章がありました。彼はドキュメンタリーの監督から始めたんですが、ドキュメンタリーは聴衆、あるいは視聴者に何かを伝える役割があるわけです。そこで是枝さんは「どんなに崇高な志に支えられていたとしても、撮る前から結論が存在するものはドキュメンタリーではありません」（「朝日新聞」二〇一四年二月十五日朝刊）と言っています。

つまり、撮るプロセスで監督がいかにその対象と相互作用して、何を感じたのかが出てこないと、本当のドキュメンタリーではないんだということです。これは大事な言葉だと思いました。

是枝さんがその話の中で引用していたのが、谷川俊太郎の言葉で、谷川俊太郎はもっと徹底して、詩は自己表現ではないんだといっているんですね、「詩とは、自分の内側にあるものを表現するのではなく、世界の側にある、世界の豊かさや人間の複雑さに出会った驚きを詩として記述するのだ」（「朝日新聞」二〇一四年二月十五日朝刊）。

「私」が社会とどんなふうに関わるか、世界とどんなふうに関わるか、この関わりの中での驚きが詩になる、歌になる。私は一〇〇％同調できますね。感じるためには自分の中に何かがないと駄目ですが、自分の中にあるものだけを詠っても、歌にならない。社会との、世界との接点の中で、自分がどんなふうに変わっていくか。あるいは自分にどんな驚きが与えられたか。これが詩の原点だというのが、是枝裕和の意見であり、谷川俊太郎の意見であって、私はまさにそのとおりだと思っています。

先ほどからいっているように、私がちょっと煮え切らないのは、レトリックだけに自己満足してもらっては困るよといいながら、でもレトリックという言葉は悪いけど、自分が何かを伝えたいときに、自分の持っているものを一〇〇％伝えたら、それが詩になるかといったら、そうはならない。これはわれわれが政治家の言葉とは違う言葉でしゃべっているということなんだろうと思うんですね。

何人か会場でうんうんと首を振っていただいているので、ものすごくうれしいんですが、うまく言えていないかもしれないですね。この問題は、あとでもたぶん議論していただくと思います。

それでは、もう一つだけ、レジュメの最後に「詠い続ける意志」と書いています。新聞歌壇の歌をご覧ください。

記事の量も歌も潮の引きしごと過去となりゆく秘密保護法

風谷螢（「朝日新聞」二〇一四年四月二十一日朝刊）

「秘密保護法」が出てから四カ月ほどたった二〇一四年四月の歌です。ああいう大きな事件があると、新聞歌壇にはわあっとその歌が押し寄せる。特に朝日新聞はそういう歌が集まりやすい歌壇なので、どっと来る。東日本大震災のときには、四人の選者が全員東北の歌を採ったことがある。それぐらいどっと来た。「特定秘密保護法」のときも、その歌がいっぱいきました。ところが、四カ月ほどすると、採られる歌がどんどん少なくなっていく。投稿される歌も少なくなっていく。読者から見ると、あれ、まだ半年も過ぎていないのに、もう熱が冷めてしまったのかと思う。その事を詠ったのがこの歌です。

記事の量については、新聞社の責任でもありますね。同じことは繰り返して書かない。何か新しい展開がないと、それは記事にはならない。それでだんだん減っていく。次の歌、

決めてさえしもたらみんな忘れるとなめたらあかんで国民を

上谷美智代（「朝日新聞」二〇一五年十月二十六日朝刊）

これは私が採ったんですが、大阪弁ですね。決めてさえしまえばということですね。

わずか前の強行採決のことなども忘れはじめて十月となる

松木秀（「朝日新聞」二〇一五年十月二十六日朝刊）

これは十月二十六日の歌ですからね。こんなふうに、ある大きな事件が起こったときはみんなそれにわっと動くし、そのときはホットな話題で新聞、テレビ、その他、全てのメディアが取り上げる。ところが、同じものはなかなか続いていかない。特にオフィシャルな記事として

同じことは書き続けられないので、記事の量が減っていく。それと連動して、歌も減っていく。このことはつらいですね。

われわれはデモに行くことはできますが、大きな力で何かを動かすことはできないし、自分の力で法案をどうこうすることもできない。唯一できるのは、忘れないこと、これが大事だと思っています。忘れないというのは、どこかで詠い続ける意志を持つことだろうと思います。

一つの出来事も、それが決まってしまったときの感慨と、半年たって見直したときの感慨とはまた違うものがある。同じ歌にはならないだろう、マンネリ化はしないだろうと思っています。そういった時々に、その出来事をもう一度思い返して、詠い続ける。

ヒトラーは民衆は愚かで忘れやすい、忘れてしまう者であるといっています。いまの政権も、とにかく強行でも何でもいいから、採決する。この九月に安保法案を強行採決したのは、次の参議院選までの期間が六カ月以上あることが大きかったわけですね。その間に国民は忘れるだろうと思っている。早く忘れてもらうために、ぱっと持ち出したのが、「新アベノミクス」とか「一億総活躍社会」とかですね。

気を紛らわせよう、忘れさせようという外からの圧力の中で、いかに詠い続けられるか。忘れないか。これは創作をやる人間の一つの責任でもあると思っています。

今日はあえて、新聞投稿歌だけを例に挙げましたが、人と違うレトリックを使って今回の情勢を私流に表現しました、というのでは自己満足にしか過ぎないのではないかと私は思っています。

先ほど申し上げたように、一般の人々にいかに言葉を届けられるか。歌人の内部だけで通じ合うような言葉で語っていて本当にいいのか。ある意味、高度なことを語っているようですが、無用な選良意識ではないかとさえ思います。われわれは、いま、何ができるか本気で考えるべきだろう。単に、傍観者とか批評者、批評家的な言葉だけで語っていっていいのかという思いがあります。

あの時に止められなかった大人たちと未来の人から言われたくない
こやまはつみ（「朝日新聞」二〇一三年十二月二十三日朝刊）

という歌があります。「あの時に止められなかった」と、未来の人から「言われたくない」のなら、いま、何をするのか。できるのか。

歴史の外側に自分を置くのは簡単です。歴史の外側に自分を置いて、現に起こっていることを批判したり、さまざまに解釈したり、非常にシャープな切り口で切ってみせたりするのは比較的容易だと思います。

みんなが関心を持っているときに面白い歌をつくり、みんなに提示して、話題になる。これも大事なことではありますが、みんなが関心を持たなくなっても、どこかで詠い続けること。それはわれわれが歌で自己表現をするときの、ある種の責任でもあると思っています。ぜひここで念を押してこのことを伝えておきたいと思います。

最後に、一つだけ申し上げておきたい。今日のこの会は、安保法制の強行採決以降の動きを念頭に置いて企画されました。京都で企画されたのもそうであります。

ただ、もう一つ大きな問題で、われわれがきちんとした対応を取れないのは、沖縄問題だと思います。翁長さんが取り消しを巡って裁判に突入しました。これをどう詠うのか。ここには沖縄出身の方がいらっしゃるかもしれないけれども、大部分はそうではない。

この沖縄を、想像力の中で、いかに自分のこととして捉えられるか。それは安保法制を詠う以上に難しいことだと思っています。もっというと、いずれ日本が必ず直面する難民受け入れ問題とまったく同じ問題だと、私は思っています。

面積でいうと、沖縄は本土の〇・六％です。〇・六％の沖縄に米軍の七〇数％が集中している。今日は私と同世代の方が多いと思いますが、われわれの世代は、沖縄返せと詠っていたわけですよ。その世代が、それ以降何をしてきたかと、顧みて忸怩たるものがあります。いままた辺野古に移して、今後百年、七十年、基地を永続させようとしている。

どの県も、一部を負担しましょうと言い出さないことはつらいですね。沖縄が気の毒だと思う。でも、何かいうと自分も何かしなければならないから、言い出せない。沖縄は日本ですよね。同じ日本で、沖縄にたくさんの基地が偏っている中、他の県は、気の毒だからうちも一部負担するとは言わない。言い出せば知事は次の選挙で落選してしまうので、言い出せないのは、よく分かるわけですが。

いまヨーロッパに難民がどんどん逃げていますが、テロが起こってくると、問題がさらに大きくなる。ヨーロッパも受け入れるかどうか。アメリカは受け入れないと言っている。日本にも打診がある。気の毒だと思うけれども、自分は嫌だと。

ここでわれわれは歌を詠えるんだろうか、歌をつくれるのだろうかと。沖縄の歌は少ないですね。これだけ大きな問題になっていても沖縄を詠った歌が非常に少ない。

例えば、こんな歌があります。

沖縄をまたも捨て石にはさせませぬいくさの基地の辺野古埋め立て
池之迫静男（「南日本新聞」二〇一五年十一月二十六日朝刊）

文子《ふみこ》おばあ八十五歳きょうもまた辺野古を守るケガしてもなお
祢津信子（「朝日新聞」二〇一五年十一月三十日朝刊）

文子おばあというのは、島袋文子さんですね。いま八十六歳だそうですが、沖縄戦のときに焼かれて片側にすごいやけどをして、いまでも辺野古の反対運動の先頭に立っているおばあちゃんです。こういう歌があります。

翁長知事の承認取り消し報じたる琉球新報紙面いきいき
森本忠紀（「朝日新聞」二〇一五年十一月八日朝刊）

これは朝日新聞に出ていた歌です。また、同じ琉球新報の歌が、南日本新聞にも投稿されていまして、

一面に辺野古取り消し表明と琉球新報　九月十五日

新森良子（「南日本新聞」二〇一五年十月二十二日朝刊）

という歌があります。どちらも私が採った歌です。琉球新報は当然、辺野古のことを取り上げるわけですが、それを他の県の人が詠った。しかし、これは歌としてはなかなか難しいところで、十分自分のことになっていない。

われわれは自分に降り掛かってくることに対しては、自分のこととして対処できるんだけど、沖縄で起こっていることは、できれば触れずに済ませたい。それを詠おうとしても、どうしても外部の目になってしまう。

何で外部の目になるんだろうと考えると、不思議なことですが、沖縄は日本の一部だと認めていないんでしょうかね。沖縄だからしようがない、我慢してよと思っている。

私の中にもまだ不思議なことが残っていて、これまで沖縄に行って、あの大きな基地の横を通っても、気の毒だとは思いながら、それに対して現実には動こうという気は起こりませんでした。

でも、いま翁長さんがあれだけ孤軍奮闘しているのを見ると、われわれ歌人はどんなふうに想像力を働かせて、自分のこととして考えられるのだろうか……。これは私に処方箋があるわけでも何でもなく、単に問題提起として皆さんに問い掛けたいわけです。

われわれが沖縄を返せと言っていた、あの思いは本当だと思うんです。日本の領土だからアメリカから日本へ返せと言っていた。しかし、返ってきたあと、沖縄がいま置かれている状況については、他人事として見ている。この自分の中にある二重性を、私自身うまく処理しきれていません……。自分でもまだ沖縄を詠えていない。

詠えないものは詠わなくてもいいという思いが一つあります。それは先ほど言ったように、機会詠を無理につくって、無理にレトリックをこねくり回す必要は全然ないと言ったのと同じです。

ただ、もう一方で、われわれ歌人が何かできるとしたら、歌の力を信じること。歌の力を信じて、できることを探したいという思いも歴然としてあります。朝日歌壇の中でたぶん私がいちばん多く、安保法制とか、社会を詠った歌を採っていると思います。

採っている理由は、その歌を一般の人に読んでもらって、ああ、やっぱり、こう思っている人がいるんだと持続心を持ってほしいし、力を付けてもほしい。歌が人の心に訴えて、役に立つと信じているからです。

そのときに詠えないから、詠わなくもいいのかという問題が出てくると本当につらいところで、……うーん、私自身はまだいまのところ、自分のものにするきっかけを持っていません。吉川宏志くんと、一回二人で沖縄へ行って辺野古の前で座り込みをしようかと話をしています。賛同者があったら、一緒に行きませんか。

これを他人事としておいたら、日本とはいったい何だ、私とはいったい何だという、アイデンティティーの問題が解決できないと思うんですね。私は日本人だ、というときに、沖縄は入っているのか、入っていないのか。こういったことを本気で問うことが、いまもっとも大事なんだと思っています。

翁長さんは保守政治家ですけども、とても立派だと思っています。沖縄について知りたいと思って『戦う民意』という翁長さんの本を初めて読みました。すごく感激しました。

翁長さんがいかに沖縄を本土の人に訴えるのに苦労しているか、単に政治の顚末を書いただけの本ではないんですね。沖縄の人が、いかに日本人としてアイデンティティーを持つのに苦しんでいるか、その現場が書いてあり、とても感動しました。ぜひお読みいただきたいと思います。

本気になって勉強して、何とか沖縄というものを私自身の体の中に取り入れて、自分のこととして詠えるきっかけをつくりたいと考えています。

それと、もう一つ選者として、先ほどの全体主義の問題とからめて難しい問題があります。私自身は、安保法制は絶対反対、憲法改正反対という考えがあるので、どうしてもその歌ばかりをつくるのですが、選者としていろいろな歌に向かうとき、自分のスタンスと反対の歌が出てきて、それにどう向き合うのかという問題があります。自分のスタンスからしか見られなければ、それも一つの言論統制になってしまうという怖さがあります。

こんな歌が投稿されてきました。

賛成と言えぬ空気がたちこめて誰もが反対と言うおそろしさ

藤田佳子子（「朝日新聞」二〇一五年八月三十一日朝刊）

安保法制賛成と言えない空気が、新聞歌壇にも日常生活にも立ち込めている。それは怖いのではないかと言っている歌ですね。少し考えましたが、採ったんですね、歌としていいと思うので。私の考えとは違うのだけども、これを採らないのは、私自身が言論統制、言論抑圧をする側に回ってしまうのではないかと思いました。またあとで議論していただけたらありがたいけど、選ぶ側は、そういう難しさも抱えている。なかなか解決できない、難しい問題です。

憲法の問題、安保の問題はどちらかというと、直接の当事者として捉えることができるので詠いやすいんですが、沖縄の問題、あるいは難民の問題をどんなふうに自分の問題として考えられるか。これは私自身、まだ答えは出ていないと言うべきなのですが、真剣に考えていかなければならない問題だと思っております。

最後、まとまりのない話になってしまいましたが、そろそろ時間ですので、終わらせていただきます。どうもありがとうございました。

ミニトーク

時代のなかの反語

今野　寿美

三十分だけいただいて、お話しします。タイトルを「時代のなかの反語」としました。反語といえば伝統的なレトリックですね。そのレトリックが、いまの時代、もしかしたら少し危うくなっているかもしれない、そんな思いもベースになっています。

今日のテーマに沿ったかたちで私がお伝えしたいことをいいますと、言葉がさらされている危うさとは、私たちにとっては表現がさらされている危うさということになりますよね。作品は、ある時代状況の中では曲解されたり、悪用されることになりますが、そのことを考えるために百年ほどさかのぼってみたいと思います。

百十一年前の明治三十七年九月、新詩社発行の「明星」に与謝野晶子の詩「君死にたまふこと勿れ」（後出『恋衣』収録時の表記は「君死にたまふことなかれ」）が発表されました。日露戦争に出征した弟の身を案ずる五連の詩だったのですが、反戦詩であったために批判を浴びたことで、皆さまのご記憶にもあると思います。

確かにそうなんですが、晶子の詩に対する批判は、実は第三連に集中していました。資料（一九四頁参照）に晶子の詩と、それに対する応酬の推移をまとめてみました。晶子の第三連だけをここに引用してみます。

君死にたまふことなかれ
すめらみことは戦ひに
おほみづからは出でまさね
かたみに人の血を流し
獣《けもの》の道に死ねよとは
死ぬるを人のほまれとは
大みこゝろの深ければ
もとよりいかで思《おぼ》されむ

「いかで」という言葉が最後に使われていて、反語の文脈であると分かります。つまり「どうしてお思いになるであろう。すめらみことは、そのようにはお思いになるはずはない。それでも兵士は駆り立てられて、死の道を行かなければならない。戦争というのは何と理不尽なものか」そういうことを言おうとしている詩だと分かると思います。

この第三連を特に批判したのが、評論家、大町桂月でした。「太陽」という雑誌の十月号に、この詩を取り上げて、

草莽の一女子、…教育勅語、さては宣戦詔勅を非議す。大胆なるわざ也。…世を害するは、実にかゝる思想也。

と批判しています。最初はいくらか穏やかなんですが、結局、「世を害するは、実にかゝる思想也」という言い方をして、危険思想の詩であると断定したわけですね。

晶子は、それを読んで反論します。「明星」十一月号に「ひらきぶみ」を書きました。

当節のやうに死ねよ〳〵と申し候こと、又なにごとにも忠君愛国などの文字や、畏おほき

教育勅語などを引きて論ずることの流行は、この方却て危険と申すものに候はずや。
歌は歌に候。…まことの心を歌ひおきたく候。

「いまの時代、死ねよ死ねよと忠君愛国を推奨して、戦死を美化している。その方がよほど危険ではないか」と言っている。

晶子を擁護したのが、評論家の剣南でした。読売新聞紙上(十一月十三日・日曜付録「警露集」)で、「ひらきぶみ」について、弟の無事を祈る表現が人情に基づいている、として「言ひ得て好し」と賞賛したんですね。

そこで大町桂月は今度、剣南を相手にしまして、反論いたします。「太陽」の十二月号での反論の、これはごく一部なんですが、

弟を懐ふに、縁の遠き天皇を引き出し、大御心の深ければ、国民に戦死せよとは宣給はじといふに至つては、反語的、もしくは婉曲的の言ひ方と判断するの外なし。

このように言っています。

先ほど私は晶子の詩の第三連を読んで、最後の「もとよりいかで思《おぼ》されむ」は、反語の文脈であると読みを確かめたわけですが、桂月の言う反語、これも実はレトリックの反語の意味の、二つのうち一つということにはなるんですね。

表面上正反対のことによって、皮肉ったように言う。何かお粗末な言い方をされて、その相手にずいぶんご立派なご意見ですこととか、そんなふうに返す。それはやはり反語に当たりますね。だから、どちらも反語ということにはなるんですが、桂月は晶子の原文の反語を、すり替えているという方が正確ではないかと思います。

それに対して、剣南が十二月十一日の読売新聞で「理情の弁」を書き、桂月に反論いたします。今度は剣南と桂月の応酬になるんですね。桂月が「太陽」（明治三十八年一月号）に書いた剣南への反論「詩歌の骨髄」に少し触れてみたいと思います。第三連を引用いたしまして、

意味を、直言的にわかり易く言ひかへて見よ、「天皇親《みづ》からは、危き戦場には、臨み給はずして、宮中に安坐して居り給ひながら、死ぬるが名誉なりとおだてゝ、人の子を駆りて、人の血を流さしめ、獣の道に陥らしめ給ふ。残虐無慈悲なる御心根哉」と云ふことになる也。これ啻《ただ》に詩歌の本領を失へるのみならず、日本国民として、許すべからざる悪口也、毒舌

也、不敬也、危険也。

と、だんだん激昂していくんですが、晶子の詩はすっかり読み換えられていて、個人的な解釈になっていると思います。

一方、晶子は「ひらきぶみ」ののち桂月の批判には触れず、合同詩歌集『恋衣』（明治三十八年一月刊）の中に、「君死にたまふことなかれ」を収録して刊行いたします。同時に新詩社から弁護士の平出修、与謝野寛らが桂月の自宅に行きまして、直談判するんですね。そのやりとりが「明星」二月号に「詩歌の骨髄とは何ぞや」として掲載されているんですが、終始、桂月は釈明しています。

例えば、「（桂月答えて）それ丈けの感情を平時に云ふならば可ならむも、挙国一致の今日、宣戦の詔勅に対して畏れ多し」と言いまして、時期が時期だから、非常時なんだからと強調するわけです。

そこで新詩社側が具体的に第三連の解釈について異議を述べます。全部文語風に言い換えられて、文章化されているんですが「貴下は此詩を一覧せしのみにて深く之を究むる以前、作者が非帝国主義を謡へるものとの予断を下し、然る後自己一流の解釈法を採りたるにあらざるか」

とあります。

　それに対して桂月は、「或は詮索に過ぎたる点もありたらむ」と、多少後退していくんですね。さらに新詩社側が、「然らば貴論中に見ゆる「乱臣賊子云々」の語は、甚しき暴言にあらずや」と突き詰めて問いますと、桂月は最後窮して、「文章上修辞の勢にて彼の如き文字を用ゐたり。今思へば不穏の文字にして、晶子女史には気の毒なり」というふうに、一応矛を収めたように見受けられます。一件落着というか、収まったかたちには見えるんですが、果たしてその後どうなったのか。

　晶子は「ひらきぶみ」のあと、これについてほとんどコメントすることはありませんでした。ただ、桂月が亡くなった大正十四年に、当時連載をしていました横浜貿易新報で、簡単に触れて、哀悼の言葉を述べています。かつて批判されたと。ただ「先生も真面目であつたと共に私も真面目であつた」と、少ししんみりするような回想をしているんですね。恨み言などは言っていない。かなり穏やかに収まったように見えるのですが、大切なのは、当の詩の理解は、正しいかたちで定着したのかどうか

ということです。

私たちにとっても、その後が大事ですね。「君死にたまふことなかれ」の理解については、なぜか反戦、これはそのとおりだと思いますが、それと同時に天皇批判。この天皇批判が、いつの間にか天皇制批判というふうに波及していきます。読者がそのように読んでいるんですね。そういうレッテルが貼られて定着してしまった。

その結果、太平洋戦争敗戦までは、危険思想視され続けた。敗戦後は一転して晶子の不屈の精神をたたえるとか、平和主義といって、持ち上げるようになりました。高校の社会科の授業なんかでそのように取り上げられ、そのままこんにちに至っています。

現在の状況も三つほどの例を挙げてご紹介したいと思います。

最初は戦前、戦後のことになりますが、渡辺順三が『史的唯物論より観たる近代短歌史』（昭和七年十二月刊）という本を書いたとき、晶子の詩を引用しているんですが、

君死にたまふことなかれ
×××××は戦ひに
×××からは出でまさね

かたみに人の血を流し
×××××よとは
死ぬるを人の×××とは

×ばかりです。伏せ字だらけ。何をいっているのか全然分からない。だいたいみんな察して読むわけですが、これだけ×が多かったら、いったい何だとしか思わないですね。

版元の改造社は刊行直後、渡辺順三に、かなりの金額の印税を支払っているんです。渡辺順三は喜ぶんですが、刊行された本を見て驚くんですね。こんなはずではないと。

戦後、昭和三十四年に出された『烈風のなかを』という本で、渡辺順三は「改造社では発禁をおそれて、私から見て必要以上と思われるほど伏字にしていたので××だらけであった」と回想しています。

版元は発禁になることを恐れる。自分の会社も被害を被りますからね。そこで、著者には無断で伏せ字だらけにしてしまった。これは自主規制ですよね。版元が自主規制をしてしまった。著者にとっては大変な屈辱です。

渡辺順三が戦後になって振り返っていることですが、晶子の詩は結局、危険思想視されていたと、私たちの記憶にずっと残る結果になってしまった。

いまはどうなっているのか。現代の例を挙げてみたいと思います。一九九八年に新世紀到来を前にして、朝日新聞社が「100人の20世紀」という連載特集を組みました。

その百人の中に、女性として与謝野晶子が入ったんですね。藤森研さんという記者が執筆をしています。晶子の「君死にたまふことなかれ」は、トルストイの「日露戦争論」への返歌として書かれたのではないかと提示して、大変話題になりました。「日露戦争論」は「タイムズ」に掲載された日露戦争を批判している論文なんですが、戦争に走った貴族や皇帝をものすごく激しく批判しているんです。

実のところ、晶子の詩が発表された当時から、トルストイの影響があるのではないかとささやかれていました。ただ、日本で、トルストイの論文の翻訳がどこに載ったかというと、幸徳秋水たちが発行していた週刊平民新聞だったわけです。

平民新聞を与謝野晶子が果たして読んだだろうかと、みんな信じ難く思ったわけですね。先ほど少し触れました「ひらきぶみ」の中で晶子は、平民新聞とやらいうものには「身震ひいたし候」と言っているんですね。それでいて、平民新聞を読んで、トルストイの論文の影響を受けて、あの詩をつくったとはなかなか考えにくい。ずっとそう思われてきた。

ところが、藤森研さんは朝日新聞社に残っていたマイクロフィルムから探し出し、同じ明治三十七年八月に、平民新聞とは別に、トルストイの「日露戦争論」の翻訳を東京朝日新聞の紙面で分割連載したことを突き止められたんですね。与謝野家で東京朝日新聞を講読していたことは、はっきりしている。だから、晶子は平民新聞ではなく、東京朝日新聞によってトルストイの「日露戦争論」を読んだのだろうと結論付けられた。このことは新聞紙面には出なかったのですが、非常に鮮やかで見事な掘り起こしであり、推論だったと思います。みんなが納得した。

これ自体は素晴らしいことなんですが、藤森さんも「君死にたまふことなかれ」の第三連は天皇批判であって、トルストイの影響を受けたものだという見方をされているわけです。影響は確かにあったと思いますけれども、あの詩の中では、すめらみことの慈悲を乞うかたちで、詩の情緒としている。これは「日露戦争論」における皇帝批判とは、本質的に違うのではないかと私は思いますが、結局、一九九八年の時点でも、そういった見方は続いていたことになります。

それからもう一つ「(桂月は、第三連を)天皇制批判だと、正しく解釈したのだ。自分よりも敵が詩の中心を見抜いた例である」(米田利昭『和歌文学大系26東西南北/みだれ髪』月報)という文章に出合いました。

私はこういった文章、あるいは書き手に対して、批判するとか、反論するとか考えているわけではないんです。では何かといいますと、いまからでも遅くはないから、曲解されて、悪用もされてしまった、その結果として自主規制まで施されてしまった文学作品の正しい読みを、ぜひここで取り戻したいという気持ちです。

資料では「取り戻す」を強調して、傍点を振りました。思い出していただきたいのですが、取り戻すという言葉が今年使われました。

日本を取り戻すという発言がありました。それを聞いて、誰もがいったいどこからどう取り戻すつもりかといぶかったし、何だかよく分からなかったと思いますが、どこかで帝国日本を取り戻すというイメージを抱いた方だって、きっと少なくなかったと思います。

これは暗喩だろうか、それとも単なる省略だろうか。これに限らず、現政権が発する言葉は、暗喩あり、省略あり、反語あり、婉曲あり、誇張もありますね。何かとても奇妙に文学的なのではないかと思います（笑）。

本当はここで、先ほどの永田さんのお話と絡めるべきなんでしょうが、時間がないので、とにかく用意したことをお伝えするだけになってしまいますけれども。

レトリックは文学のもので、政治の社会とは無縁なはずです。政治の言葉はもっと直截的で、そして明快であるべきだと思うんですね。ところが、私たちの耳に入ってくるのは、どうも違う。耳当たりはいいわけです。どこかで丸め込まれそうな不安があります。

私がいちばん違和感を抱いたのは、今年（二〇一五年）の九月十九日朝の、首相の第一声でした。「戦争を未然に防ぐ法律です」と言ったんですね。その日の未明に強行採決したのは、自衛隊の武力行使を可能にした「安全保障関連法」でした。自衛隊は後方支援の名目のもとに、武器を使えるようになった。武力行使が可能になったわけです。

でも、武器は破壊と殺人の道具以外の何物でもないですね。それでいて、首相があのように「戦争を未然に防ぐ法律です」と言う。これは反語だろうか。

安保法案反対という機運が高まったときに、戦争法反対という声が大きかったですね。戦争法と言い換えて、戦争につながる法律だと危ぶんで、反対したわけです。

首相としては、反対する人たちは戦争法なんていうけれども、実は戦争を未然に防ぐんですよと言っているつもりかもしれませんが、武器を使って戦争を未然に防ぎますと言われても、反語としたって通用しない、というほかありません。

万事この調子で、どこかで言いくるめる。「後方支援」もそうですね。いたく穏便に言い換えられています。次に挙げたのは、雑誌の投稿欄で読んだ歌ですが、

兵站を後方支援と呼び替えて再び戦で死ねというのか

松野好秀（「短歌」二〇一五年九月号）

実は、私は「兵站《へいたん》」という言葉を知りませんでした。もし、現政権が「兵站」（作戦軍のために、後方にあって車両・軍需品の前送・補給・修理、後方連絡線の確保などに任ずる機関）という言葉を使ったりしたら、物議を醸すことは間違いないから「兵站」とは言えない。旧日本軍は「兵站」がお粗末だったために、多くの兵士が命を落としているわけですね。

「兵站」と言わないけれども、同じ内容を今風に言い換えなければならないので「後方支援」という、生ぬるくて、よく分からない言い方にうまくすり替えている、言い換えている。私たちはだまされないように、自覚しなければと思います。

他にもたくさんあります。先ほども挙がりましたけれども「思いやり予算」、すごく卑屈です。「一億総動員」と言いそうになる「一億総活躍」ですね。「積極的平和主義」はもっとひどい、最悪だと思います。学者の立てた言葉の意味を借用するだけではなくて、悪用している。意味をまったくすり替えてしまっている。これでいいのだろうか。

なぜこういったことが起きるかというと、日本はお金を出すだけで、武力を行使しない。それでは国際貢献にならないという考え方がずっとあった。私たちはどこかで迂闊だったのかもしれないんですが、二十年も前の湾岸戦争のころから、そういうことがささやかれ始めていた。そして、自衛隊を海外に派遣するようになって、イラク戦争では陸上自衛隊を派遣するようになっていった。

私の記憶ですと、二〇〇三年ごろから、自衛隊は武器を使えない、武力行使ができないからうんぬんとか、それを嘆くような政治家サイドの発言を読んだことがあります。いまやっと武力行使できるようにしてしまった。その一方で、着々と武器の製造も進めていた。

昨年（二〇一四年）十月二十八日の小さなコラムなんですが「防衛関係者の長年の悲願でありながら、なかなか日の目を見なかった純国産戦闘機構想が動き出す」とあって、私は非常に驚いたんですが、今年の一月に初飛行を遂げています（訂正。延期につぐ延期で初飛行は一年後も実現していないという）。純国産の旅客機が初飛行する前に、国産の戦闘機が初飛行しているんですね。そうやって武器を着々と開発して、つくっていけば、間違いなく武器を輸出する方向に進むであろうと思います。

実際に、ついおとといの新聞記事によると、武器輸出が動きだしているらしいんです。財界はむしろそれを願っているという大学教授の論評でした。防衛関係費は二〇一六年度、五兆円を超えることになった。四百億円も超えると、きのうかおとといの新聞に出ていました。レトリックで固められているかのような現政権の発言とか、行為。レトリックだけではないんです。うそもいっぱいあります。東京オリンピック招致のプレゼンで「汚染水は完全にブロックされています」と首相が言ったことを私ははっきりと覚えていますけれども、海側の遮水壁が完成したと記事になったのは、ついこの間のことなんですね。「完全にブロックされています」というのは、真っ赤なうそだったわけです。

そういう現実に対して、発言している方ももちろんいらっしゃいますけど、黙っていていいのか。私たちは表現する立場で、絶対だまされないという自覚をもって作品をつくることに励まなければならないんだと、そんな思いでいまおります。

かなり急ぎ足の話し方で失礼いたしました。以上で終わります。

パネルディスカッション

平和と戦争のはざまで歌う

染野太朗×田村元×三原由起子×吉川宏志（司会）

吉川　こんにちは、吉川です。今日は、本当にたくさんの方に集まっていただきまして、ありがたいと思います。

　先ほど、紹介がありましたが、九月二十七日に、京都で緊急シンポジウム「時代の危機に抵抗する短歌」を行いました。百人くらいが定員の部屋に約百四十人が集まり、ぎゅうぎゅう詰めで、立ち見は出るわ、中に入ったら出られないわという状況で、とても盛況でした。

　今回はこういう会を継続して東京で、三枝さんに開いていただいて、ありがたいなと思っています。いまの時代について、小規模でもいいので、いろいろ話し合うことが大事だと僕は思っています。今日の話も持ち帰って、ぜひ、それぞれ考えてみていただくようお願いしたいなと思います。

　では、私の資料（一九八頁参照）を見ていただきたいのですが「平和と戦争のはざまで歌う」

というタイトルです。大げさな題かもしれませんが、これが今回の主旨です。

先ほどの話にもあったように安保法制はもちろんのこと、九月に経団連が武器輸出の促進を提言するという報道がありました。経団連がどんどん武器を輸出しろと言っている。日本が武器を売って、それを使って海外の人が殺される状態で平和と言えるのか。まさに平和と戦争のはざまだと思うんですね。

さらにいうと、いま、大学で兵器の研究をしろと、政府が圧力をかけているそうです。兵器の研究をしたいという大学も出てきているらしいです。大学でも兵器を開発しようということですが、これも、本当に平和と言えるのか。

そういった状況を踏まえて、平和と戦争のはざまでどう歌うか、表現していくかをテーマとして挙げたわけです。

それから、少し前ですが、フランスでテロが起きた直後に、オランド大統領は「これは戦争だ」と言いました。

自衛隊が海外に派遣されて、その報復で、もし日本でもテロが起きたら「いまは戦争だ」と言い出す人が出てくるかもしれないし、武力行使に賛同する人も出てくるかもしれない。いま、そういうはざまにいるんじゃないかなという思いも、タイトルに込めています。そういった時代状況の中で、短歌で何が表現できるかをいろいろ話し合いたいと思っています。

斎藤茂吉の『寒雲』という歌集の冒頭に「豊年」という題の一連があります。そのなかに二首並んでいる歌を挙げます。昭和十二年の正月、日中戦争が始まる直前につくられた歌です。一

首目、

高山《たかやま》の雪を滑りに行くをとめ楽しき顔をしたるものかも　斎藤茂吉

というスキーをする女性を詠っている歌です。

そのすぐ横には、

ひとつ國興《おこ》る力のみなぎりに死ぬるいのちも和《のど》にあらめや　斎藤茂吉

という歌があります。いろいろ考えましたがすごく難しい歌です。日本が、中国に侵出して行くときに死んでいく兵の命を詠んでいるのだと思います。

吉川宏志

「和《のど》にあらめや」は反語なので、のどかではないだろうということですが、解釈の難しい、複雑な心境が表現されている。ただ、スキーと兵の命の歌が並んでいることに衝撃を受けますね。

いまも、これに近い状況にあるのではないでしょうか。いま、クリスマスが近いので、街はすごくにぎやかになっていますが、一方で、海外に派遣される自衛隊の準備も始められていることでしょう。一見平和なのだけれども、裏では戦争への道が敷かれている、そういうはざまかもしれませんね。

では第一発言ということで、染野さんから、今日の言いたいこと、いちばん中心に考えていることを話してもらおうと思います。よろしくお願いします。

染野　はい。よろしくお願いします。染野太朗

染野太朗

です。いま、一見平和だが、裏では戦争の道が敷かれていると吉川さんがおっしゃっていましたが、永田さん、今野さんの話が全て私にはつながって見えています。

　自分の問題意識とも、すごく関わるところがあり、永田さんの資料でいうと「言葉に対する脱感作、不感症の誘導」、それから「抵抗できないオールマイティの言葉が民衆を追い立てる」というところ。そこで出された言葉とほぼ同じものが、今野さんからも出された。「耳当たりがよい」、「そのまま聞いていると、丸め込まれそう」とか「言いくるめられてしまいそう」な言葉が氾濫している。

　一見平和なんだけれども、戦争の道が敷かれているときに、丸め込まれてしまうのは、非常に怖いことだと思います。じゃあ、その辺りにどうやって抵抗するのか、向き合うのか。私のレジュメ（二〇〇頁参照）を見ていただくと、最初に「読者について」とあります。

　短歌そのものについて考えるのも大事ですが、読者って何だろうと考えることも、とても大事なのではないかと思ったんですね。

　きめの粗い、丸め込むような、耳当たりは良いけれども、何かをそぎ落としてしまうような、抜け落とさせてしまうような言葉に対して、いかに踏みとどまれるか、立ち止まれるかという事なんだと思います。踏みとどまるとき、短歌作品に何ができるか、読者には何ができるのかというのが、私の問題意識の一つです。

まず、大松達知さんの『アスタリスク』から一首挙げます。

玉砕だあ　叫ぶ声ありはつなつの考査終はりしざわめきのなか　　大松達知

私も、私立学校で教員をしているものですから分かるのですが、生徒たちは、言葉の最前線というと言い過ぎなのですけれども、その時代その時代で、話題になってしまう造語とか、流行語みたいなものをいちばん使っている世代とも言えます。

これは教員側、大松さん、と言っていいのか分からないですが、作者側が思う「玉砕」と、生徒の思っている「玉砕」に含まれる意味が違うんですね。そこから生まれた歌だと思う。作者側は戦争が意識されているけれども、生徒側は考査で試験がうまくできなかったという意味で使っている。一つの言葉に関して、こんなふうにギャップが必ず生まれるんだと思います。

こういったことを問題意識の基点として、大口玲子さんの『海量』という歌集の、

形容詞過去教へむとルーシーに「さびしかつた」と二度言はせたり　　大口玲子

という歌について考えてみます。今回、このシンポジウムに出させていただくにあたって、歌を探すなかで、この歌に立ち止まってしまったんですね。

大口さんが日本語教師として外国の方々に日本語を教えているときに「さびしかつた」という言葉を、表向きはあくまでも日本語の「形式」を教えるために「言はせ」ているのですが、実

はそこに少し、自分の満たされなさを反映させてしまっている。暗い、相手をあえて傷つけるような態度を感じます。作者側の、逆に相手にわざと「さびしかつた」と言わせている屈折になんとも言えない悲しみを感じてこの歌が好きだったんです。

　立ち止まったのはどこかというと、ルーシーというところです。これがもし他の国の名前だったら、どう考えられるだろうと思ったんです。

　例えば、この時代状況のなかで、ルーシーが中国名だったら、韓国名だったらどうか。主体側の寂しさ、その暗さに読者として心を動かされることがあっただろうかと思ったんです。つまり、この一首にもっと政治的な意味とか、歴史を背負った文脈が発生してしまうと思ったんですね。

　そうしてもう一回ルーシーに戻ったとき、ルーシーをどう読めばいいのか分からなくなってしまった。主体の個人的な暗さや屈折を読みとって、そればかり注目している場合じゃないんじゃないかと思ったんですね。

　そんなふうに考えていくと、読者としての自分がものすごく揺れているなということに気付いたわけです。田村元さんの歌で、

　右ばかり向いて金魚が泳ぎをり水槽の幅が
　狭すぎるのだ　　田村元

これは別に金魚を描写しているだけかもしれないです。でも僕は「右ばかり」に反応して、政治思想における右、左が意識されているんだろうかと思ってしまった。

　それから、雪舟えまさんの、

　　定食がふたつ載りきらない卓で決めている

ごく近未来のこと　　　　　　　　雪舟えま

には「ふたつ」に反応して、賛成派、反対派みたいなものをイメージしてしまった。しかも、雪舟さんの場合は、具体性があるかというと、そうでもない。何の定食かも分からないし、「ごく近未来」が何なのかも分からないですし。ぼんやりしたなかで読んだときに、自分の読みに、自分の思いが過剰に反映されていると思いました。

いまの社会状況において、こんなふうに今までの表現が違ったように見えるのは、自分だけではないのではないか。あるいは、自分の思いを過剰に反映させるような読み方を、つい、してしまう時代なのではないか。じゃあ、短歌にできることは何だろうと考えたのです。

一つは、レトリックを積極的に使うことだと思います。なぜそのレトリックなのか、何を意味しているのか、ものすごく考えるからです。思考するために立ち止まる一助としてレトリックが使われるのは、大事なのではないかと思います。これは賛否両論ありますし、私もこの後の議論で、意見を変えるかもしれないのですが……。

次に、作者として何ができるかといったときに、個の行動を描くことなのではないかと思います。その行動は、別にデモに参加するとかではなくて、いま、ここで生きていて、具体的に何を見て、何をしたのかということなのではないかと思います。

なぜそう考えたかというと、言葉というのは「心」寄りのものだといつも思っていて、いくらでも抽象度を上げられるんですね。だからこそ「一億総活躍」などといったときに、その言葉にふと流されてしまう、引っ張られてしまう面があると思うのです。
それをどうにか踏みとどまって、行動の部分をとにかく細かく描いていくのが、作者として抵抗するというか、向き合うというか、立ち止まることになるんじゃないかと考えました。
例えば、よく引かれますが、清原日出夫の『流氷の季』の歌です。

一瞬に引きちぎられしわがシャツを警官は
素早く後方に捨つ　　清原日出夫

非常に具体的だし、動きが見えます。現場性がものすごくあって、想像ができる。これは個の声を表していると思います。最初に永田さんがおっしゃった通り、歌がわっと集まったことによって、そのときのわれわれの心情みたいなものが、全体として残る。まさにそのうちの一つだと思うんです。
「後方に捨つ」には権力側、警官側の、傲慢と言ってもいいのか分からないけれども、明らかに攻撃的なところがあると思います。そういったものも、もちろん浮かび上がってくる。作者としての、一つの方法なのではないかと私は考えます。取りあえず、以上です。

吉川　染野さんの歌を一首紹介したいと思います。

福嶋を原発野郎と笑う生徒を叱ることさえ
うまくできない　　染野太朗

考えさせられましたね。子どもというのは何も考えずに差別をしてしまうときがあって、福嶋という名字の生徒を原発野郎と言ってしまう。そういう現場を詠っていらっしゃる。

そこで、うまく叱れないというとまどいにはっとさせられる歌です。逆に「うまく叱る」とはどういうことなのか、ということを考えさせられる。こういった現場性、これも染野さんの言う「行動」の一つだと思いますけれど、非常に大事で、この歌はすごくいいなと思いました。

お話にあった「右ばかり向いて金魚が泳ぎをり」を社会詠として読めるのかどうかはちょっと疑問で、後に議論できればいいなと思います。

はい、次は田村さん、お願いします。


田村　りとむ短歌会の田村元です。よろしくお願いいたします。私自身が社会とか政治と短歌との問題を深く考えるようになったきっかけは、四年前の福島の原発事故でした。

原子炉を覆っているコンクリートの建屋が水素爆発した映像をテレビで見て、日本の戦後というものが吹っ飛んだような印象を受けました。日本の戦後は、経済的にものすごく発展して、国際的にも先進国になって、豊かになったと思っていたのですけれども、実は建屋みたいながらんどうで、張りぼてみたいなものだったんじゃないかなという思いを抱きました。それ以来、政治とか社会の問題を、どうやって短歌に詠んでいったらいいのかなとすごく考えるようになりました。

爆発事故のとき、本当に大変な事故が起こったと思ったのですが、一抹の希望も抱いたんですね。この事故をきっかけに日本は変わって、いい方向に行けるんじゃないかなという思いも、かすかに持ったのですけれども、四年たったいま、振り返ると、私が思い描いた希望とはかなり違った方向に進んでいってしまっている印象を受けております。

こんな状況で、短歌や言葉は何ができるのか。私が言いたいのは、大きく二つありまして、短歌というのは三十一音の小さな詩型である。とても小さな詩型だけれども、できることがあるのではないかということ。

もう一つは、小さな詩型だからこそ、できること。この二つについて、お話をしたいなと思っています。

まず、吉川宏志さんの歌で、

　　天皇が原発をやめよと言い給う日を思いおり思いて恥じぬ　　吉川宏志

原発事故を受けて、多くの人たちが原発をやめられないものだろうかと考えたと思います。ただ、現実には、原発をめぐる利害関係というか、いろいろな権利関係、社会、経済の複雑に入り組んだ構造があって、安全保障とか外交とかいう問題も関わってくるかもしれない。

多くの人が変えたい、やめたいと思ってもなかなか変わらない現実がある。もはや、天皇のような権威ある存在によってしか、状況を変えられないのではないかと歌の前半はいっている。後半の「日を思いおり思いて恥じぬ」というのは、日本は民主主義の国なのに、状況を変えることのできない自らの無力さ、力のなさを思って恥じたのだろうと読みました。

私がこの歌を読んで思い出すのは、敗戦のときの昭和天皇の玉音放送です。天皇がラジオで国民に呼び掛けることによってしか、戦争をやめられなかった日本という国。戦後の日本とは一体何だったのかと考えさせてくれる歌です。

この歌を塔の歌人の田中濯さんが、思想詠というカテゴリーで論じていました。私もすごく同感なのですが、短歌は小さな詩型だけれども、思想的なことを詠うことで、これからの時代の新しい思想を模索していけるのではないかと思います。会場が小講堂から大講堂に変わったので、少しでかいことを言うのですけれども(笑)。

　なぜそれができるのかというと、短歌は自問自答の詩型だからなんですね。永田和宏さんの「「問」と「答」の合わせ鏡」という評論があって、短歌とは、上の句で問い、下の句で答えていく詩型だと書かれています。

田村 元

詠いながら、自問自答を続けていくことで、思想を深めていけるのではないか。別に哲学者とか思想家でなくても、歌人の吉川さんが新しい思想を切り開いていってもいいのではないかと思ったのです。

　次は、三原由起子さんの

　　脱原発デモに行ったと「ミクシィ」に書けば誰かを傷つけたようだ　　三原由起子

という歌。ミクシィとは、最近はあまり使っている人は多くないのかもしれないけれど、ＦａｃｅｂｏｏｋみたいなＳＮＳです。脱原発のデモに行ったとミクシィに書いた。三原さんは、福島県浪江町の出身で、知り合いにも原発関連のお仕事をされている方がたくさんいて、そのなかの一人かどうか分からないですけど、誰かを傷つけてしまった。それに対する戸惑いみたいなものもあるんですが、それでも声を上げていこうという歌だと思います。

　他者を傷つけてしまったと、いったん他者の思いを経由して詠っている。一種の自問自答がある歌なんじゃないかなと。表面的な原発批判に終わっていない、深いメッセージがある歌だと思いました。

　三原さんの歌は、思想詠というよりは、深い思索の歌という感じがしますが、短歌は本当に小さな詩型だけれども、こういうふうに思索を深めたり、新たな思想を模索していくこともできるのではないかというのが、一点目です。

　二点目は、日本では、文学をやっていること自体がすごく少数派で、短歌はさらに文学のなかでもマイナーなジャンルである。だからこそ、少数者に寄り添っていくスタンスが大切なのではないか。そう思って、資料で福島の歌と沖縄の歌を引いております。

　今日のテーマに即して言うと、今日の講演ですとか、ミニトークで触れられておりましたけれども、政治の言葉がどうして雑な言葉になってしまうのかというと、多数決の論理、数の論理が働いているからだと思います。

　政治の言葉が覆い隠してしまうというか、取りこぼしてしまった少数者の声を、短歌は拾っていくべきなのではないか、少数者に寄り添っていくべきなのではないかと思っています。

その例として、本田一弘さんの歌。

　啄木が捨てたふるさと　ふるさとに帰れぬ
　春を咲く梅のはな　　　　　本田一弘
ふるさとは、近代短歌や近代文学の非常に大きなテーマです。近代のふるさとに触れながら、現代の日本のふるさとに帰れなくなってしまった人たちに思いを馳せている。原発の事故で避難されている方か、津波の被害を受けられた方だと思うのですが、そういった人に梅の花が寄り添うかのように咲いている。そういう歌なのかなと思いました。

短歌はマイナーなジャンル、小さな詩型だからこそ、少数者に寄り添っていくことが大切なのだと思います。

吉川　ありがとうございます。田村さんからは短歌は自問自答の詩型なのではないかというお話がありました。田村さんの歌を一首、

戦後七十年目のわれに刺さりくるノルウェー産の鯖の小骨が　田村元

という歌。面白い歌なのですが、やはり自問自答している感じですね。戦後七十年を大きく捉えるのではなくて「ノルウェー産の鯖の小骨」という小さなもので受け止めている。いまの三十代の、戦後七十年の感じ方がよく出ているのかなと思います。戦争を直接経験しているわけではないので小さな痛みを大切にしようとしている感じがします。

少数者についてお話が出ましたが、岡井隆さんが、僕は少数者だから、少数派である原発賛成の立場で詠うんだと言っていますね。

歌壇のなかでは安保法制に賛成が言いづらいのではないか、という話もありましたね。少数とか多数とかで割り切っていいのかという面はあるように思いますね。その辺は、あとで話したいと思います。

次に三原さん、お願いします。

三原　「日月」に所属しています、福島県浪江

町出身の三原由起子です。

今日は、社会のなかに短歌はあるということを念頭に置いて、勇気を出して表現していけるような時間にしたいと思って、参加しました。前半のお話で、すでに勇気をいただいているようなところもあるのですけれども。

今日お集まりいただいた皆さんは、表現をされている方だったり、それに興味がある方だったりすると思うので、双方向でコミュニケーションができれば、有意義な会になるのではないかと思っています。

短歌の批評会のようにはしたくないなというのが念頭にあるので、歌を引くのは少なめにして、みんなで一緒に考えたいことを三つほど挙げてみました。

一つ目は「短歌があたまでっかちにならないために」、二つ目が「短歌がポーズにならないために」、そして三つ目が「短歌がスローガンにならないために」です。

こういう話は、総合誌上で読んだりする機会はあるかもしれないですが、立体的な空間で、積極的に言いたいことを言うようなことはあまりないような気がしていたので、今日はそういうことができたらなと思います。

まず一つ目の「短歌があたまでっかちにならないために」ですが、いま、ネットとかテレビとかいっぱい情報があるので、実際に現場を見ていないのに、歌をつくっている人とかが結構多いと思うんですね。

私はそういうことをしたくないと思っています。私はデモに参加しているんですが、同じ年代の人でも、そういうことをしない方がいいとか、行っても危ないとか、怖いとか、言う人がいたんですね。

でも、短歌をつくっている人間として、現場主義というのですか、やはり現場に行って、ちゃんと体感したうえで表現しないと、全然意味がないなと思うんですね。先ほど永田さんのお話しにもありましたが、私はイラクに行ったことがないので、イラクについて軽々しく詠えないなと思いますし、実際デモに行かないと分からない視点が、必ずあるんですね。そこは絶対に譲れないと思っています。

私は大学生のときに、俵万智さんと道浦母都子さんを卒論のテーマにしたくらい、俵さんと道浦さんの歌がすごく好きで、でも劣等生だったので、いい卒論は書けなかったのですが。

その当時は、バブルが崩壊して私たちは「失われた世代」と呼ばれていましたが、今よりはまだ平和だと思いました。そういうなかで道浦さんの歌を読んだとき、何か通じるものがあって惹かれました。

私はもともと、反骨精神があるタイプだと思うんです。福島泰樹さんに出会った影響もあるかもしれないのですが、デモを美化するわけではなくて、その反骨精神のようなものを大事にしたいなと思っています。

道浦さんは、

かみ合わぬ理論投げ合い疲れ果てかたみに寂しく見つめあいたり　道浦母都子

と詠われています。原発事故の後、何でこの人と分かり合えないんだろうと思うことがたくさんありました。「かたみに寂しく見つめあ」うだけではなくて、そこから一歩前に出ないと、

三原由起子

いつまでたっても変われないなと思うので、こういう短歌の会で話ができるのは、とてもいいことなんじゃないかと思います。

先ほど申したように、私は浪江町の出身ですが、浪江に住んでいながら、原発についてずっと違和感があったんです。原発で成り立っている地域だから、そういうことはみんなの前では言ったら駄目だよという空気は、何となく感じていました。家族や親しい友達には事故前から、本当に原発って大丈夫なのかとか、実は被曝して亡くなっている作業員の方がいるんじゃないかとか言っていたんです。でも「仕方ないじゃん、それでやってるんだからさあ。それじゃないと成り立たないんだよ、この町は」というような諦めがあったわけです。

私の歌集『ふるさとは赤』のなかで、

「仕方ない」という口癖が日常になり日常をなくしてしまった　三原由起子

という歌があります。いつも仕方ないよ、仕方ないよとばかり言っていたら、原発事故があって、自分の故郷を失うことになってしまった現実を目の当たりにしました。だから、今回の戦争法案のデモのとき、仕方ないと言いたくない、これからは仕方ないと言って見過ごせない、ここで許してはいけないんだという気持ちがとても強く前面に出ました。

例えば、地位のある人が、賛成とか反対とか言うことによって、一家言というのですかね。坂口安吾が「一家言を排す」という文章を書いていますが、先ほど永田さんのおっしゃった複雑な気持ちを、私もこの文章を引用することによって感じてはいたんです。

私は田舎に生まれ育ったので、地元の名士のような人とか、土地を持っていたり、お金を持っていたりする人の「それ、やるべ」とか「そういうふうにやっていくべ」という一言で、いままで決まっていたことが全て覆ってしまうような、会議にならない会議を目の当たりにしてきました。それにだまされない。誰かが言ったから、そうするとかではないと思います。

誰でも弱者になり得るし、ただでさえ短歌自体がマイノリティーじゃないですか、日本全体からすれば。短歌をやっている人自体が、国民のなかでマイノリティーなわけだから、それを自覚してつくらないと、短歌をつくる意味があるのかなと、最近常々考えています。

玉城徹の『香貫』という歌集の一連で「街と人と」のなかに、阪神淡路大震災の歌で、

言ひ囃《はや》す復興とやらはそも何ぞ思はむとし
て心の黙《もだ》す　　玉城徹
〈復興〉の名あればけだしその陰に排《お》しの
けられむ者いくそばく

という歌があるのですけど、少数派に着目している。震災後、私はこの歌にすごく励まされたんですね。

復興、復興といいますが、復興といえば、いいことを言っていると思っている人に会って、本当にうんざりしていたんですね。復興は、建設業者は儲かりますが、本当に役に立っている

と思えないことがたくさんあります。そのことを想像してつくれることが、すごいなと思った。阪神淡路大震災の歌なのに、いまにつながっている。そういう歌を一人一人つくっていけたらいいのかなと思っています。

吉川 そうですね。玉城さんの歌は、東日本大震災の歌といってもいいくらい、現在につながっている。三原さんの歌を紹介しますと、

ふるさとは小分けにされて真っ黒な袋の中で燃やされるのを待つ　三原由起子

放射性廃棄物のことなんですが、ふるさと自体が小分けにされて、袋に入れられているというイメージですね。次に、

水平線がわたくしたちの水平線が侵されてゆく真っ黒になる　三原由起子

は、そのたくさんの袋が水平線を侵すように積まれているという歌。現場性があり、とても印象に残る歌ですね。

さて、まず初めに三人にお聞きしたいのですが、京都の会では、個人として安保法制に賛成と詠うのだったら、当然認められるのではないかという議論がありました。歌人には、安保法制に反対の人が多いですけれど、その立場だけが絶対なのか、という問いですね。それについてどう思いますか。難しい問題ですが、染野さん、どうでしょうか。

染野 本当に難しいですね、われわれが俎上に載せているのは、あくまでも歌なので。私のレジュメに、そういった歌を挙げているんですよ。皆さんならどう読みますかという視点で引きました。小林信也さんの歌で、

「賛成」のデモに集へり我もまた平和願ふ

に相違なければ
「平和願ふに相違なければ」と言われてしまうと黙るほかない気がしてしまう。平和という言葉に。ただ、「平和を願うからこそ、私はむしろ賛成です」と考えるに至った、その経緯こそ大事なはずですが、この歌だけ読んでもそこは抜けている。
小林信也

だから、その「抜けている」という点は批判できると思うんです。でも抜けているところを知りたいけれども、「短歌」というレトリックによって、むしろ読者に有無を言わさないで、私の立場だってありだよねというふうに言えてしまうというか、私たちは読者として、黙ってしまうこともある。

この歌で表明されているものを、受け入れられませんと言うこともできるとは思うんです。ただ、思想・立場として賛成でも個の声として認めていられるのかという議論について言えば、すごく原理的なことを言ってしまうのですが、やはり私は一度は認めないといけないと思うのです、歌として表現された場合には。その上で、読者として、どうするか。

例えば読者が、この歌は平和を願うというけれども、その理屈が読み取れないから納得して読めない、といったことは表明できると思います。だからこそ、一度認めますということ。しかし、立ち止まれるだけの読者としての力を、われわれが持っていないといけないのではないか、というのが私の意見です。うまく答えられていないかもしれないのですけど。

吉川　田村さん、どうでしょう。

田村　私も原則論から言うと、文学の問題とイデオロギーは、別に分けて考えるべきだと思っています。イデオロギーが良いとか悪いとかいう判断で、文学作品の価値を評価してはいけないというのが、原則的な考え方なのではないかなと。

しかし、例えば安保法制への賛意を短歌で表明するのは、権力を支持することになると思うのですが、戦争中の翼賛短歌とかの反省を踏まえると、権力を支持する主張と、それを批判的に詠んでいこうというスタンスとを果たして同じ天秤ではかっていいのかと、私自身も迷っているところです。

歌人の中では安保法制反対派が多い気がしているんですが、そのなかで、あえて小林さんがこう詠ったのは勇気のあることだったのかもしれないなと思います。ただ、同じ天秤ではかれないのではないかというのが、私の感想です。

吉川　そうですね。だいたい歌人はひねくれているので、みんなが賛成しているところに、あえて反対とか言っちゃうところはありますね。平和なときはいいんですが、こういうときに、斜に構えるのは効果があるのかという疑問はありますね。三原さん、どうですか。

三原　そうですね。作品をつくるときに、人の気持ちとしてどうかというようなことを考えてしまうのですね。もちろん、小林さんの賛成にも何か意味があるのは感じるのですけども。

小林さんに会う機会があったら、もし自分のお子さんやお孫さんが徴兵されても、それでもいいんですか、身近な問題として考えても、そう思うんですかというのを聞いてみたいですね。そういった想像をしたときに、賛成の作品をつくれるのか。作品と人は別なのかもしれないですが。

吉川　短歌は、自分の身体と結びつけて表現することも大事だと思うんです。三原さんが言ったように、もし自分がその立場だったらと考えることが言葉の深さを生み出していく。

「自衛隊」のまま征かせるな、面上《おも》げて交戦権を取り戻すべし　高島裕

という高島裕の歌がありますけど、もし、自分や自分の子どもが兵として行くとしたら、どう思うのか。一度は自分の身体に引きつけて考えてみることが重要なのではないかと思いますね。今、アメリカでは経済的徴兵制と言われていて、貧しい家庭の子が軍にリクルートされる現状があるわけです。日本でもそんなことになる可能性は少なくないわけで、自分とは無関係な世界と考えるわけにはいかないでしょう。

村上春樹さんのエルサレム賞受賞の「壁と卵」というスピーチがありますが、壁と卵があったら、卵の方に味方をするんだと発言されました。割れるという卵の肉体性、身体性を大事にする。それは文学としても大事かなという気がします。身体について、染野さんはどう思われますか。

染野　身体、そうなんです。身体に引きつけるのはとても大事だと思いますが、そうすると、そうでない歌は駄目とか、技術的に上手い下手みたいな問題にもなるじゃないですか。

例えば「交戦権を取り戻すべし」というのが、自分の身体、もしくは子どもを持っているのであれば、その子どもと関係を持っている身体から詠まれていないという批判はもちろんありますす。でも、言葉である以上、それは下手だから

駄目だと言っているのに似ているような気がするんです。本人は身体に引きつけて詠んでいるつもりでも、上手く構成できなかったりとか。

だから、批判でなくて、対話が重要なのではないかと思います。この歌に関して、三原さんと吉川さんが、もし子どもだったらどうなんでしょうかと発言されて、対話や思考が始まっている。そちらをもっと重視しないと、歌そのものへの批判だと、どこか抜け落ちるし、行き詰まる。

吉川　もちろんその通りだと思います。ただ自衛隊を海外に征かせて「交戦権を取り戻すべし」という考えには、僕は賛成できないな。

次に、京都のシンポジウムで議論になった難問ですが、小池光さんの歌が分かりやすいので引用します。

原発事故は人災といふその「人」は誰かわれらみづからにあらずや　小池光

社会詠で批判をするんだけども、しかし、実は自分たちがそれを生み出したんじゃないのか、自分に戻ってくるんじゃないのかという話がありました。原発をつくってきたのはわれわれだったのだし、安保法制についても、自民党を選んだのは、われわれじゃないか。私は自民党には投票してませんが。批判したときに、自分に責任が戻ってこないのかという議論がありました。それについてどうですか、田村さん。

田村　すごく重要なことだと思います。私はまだ、安保法制の歌はつくっていませんが、原発のことは何回も詠んだことがあります。詠むことによって、自己満足してしまうというか、批判している側にまわって免罪符を得たような気持ちになっていないか、いつも自戒を込めて自分自身に問い掛けています。

その点に関してヒントになったのは、永田さんの講演のなかの「疑いながら発する言葉」という言葉です。私が言った自問自答にもつながるのかもしれないですが、詠いながら作者自身が自分に問い掛けていく、自分自身で問い続けていく。先ほど染野さんが言ったように、歌を批評する場で議論していくのが大切なのかなと思います。

吉川　三原さんの場合、地元なので特に難しい問題ですよね。

三原　そうですね。福島出身の私が話したことが、福島の声なんだと思われてしまうのも、また違うんです。最初、私はそこまで想像がつかなくて、今回の事故で福島の人はみんな原発を嫌がっていると思っていた。自分たちの故郷がなくなったんだから、いまだに原発を動かすとかあり得ない、自民党に投票するとかあり得ないと思っていました。それは人それぞれなのですが。

結局、福島では自民党が勝ってしまいました。政府の復興政策を喜んでいる人もいて、もちろん私も、復興全部を否定しているわけではないです。ただ、ずいぶん国のいいように乗せられている。地元の人が考える余地もないままに、国がお金を出していって、どんどん勝手に決められていく。どうして、そういうプロセスになっているのか。

私がこう言うと、東京にいるからそんなことが言えるんだよと言う人もいるし、福島とは何なんだろうと考えることが、最近たくさんあります。
でも、気をつかって何も言えなくなるのがいちばん嫌だった。こんな目に遭って、どうして、デモに行ったくらいで文句を言われなければいけないんだろうというのは、正直なところです。だって、自分の実家に住めなくなっているのに。
例えば先ほどのミクシィの歌ですが、原発が安全だと信じて働いていた方の娘さんで、私と年が近い人だったのです。「なんかショック。なんで由起ちゃん、デモなんかに行ったの。私のお父さん、こんなに頑張ってずっとやってきたのに」というようなことを言われてしまった。
でも、別に人を否定しているのではなくて、構造を否定してデモに行っているわけで、そこを変にすり替えて取られたりしますね。そういうことは、歌にもあると思うんです。

吉川　そこで黙ってしまったら、「自粛」になってしまうわけですね。デモに行っただけで、知り合いが、そういうふうに言ってくるのはとてもつらいですね。「自粛」は危険だという話がありましたが、自分の身近な人から責められたときに、意見を貫き通せるか。とても難しいことだと思います。
先ほどの、小池さんの歌はどう思いますか。

三原　無関心がそういうものを生んだのだから、無関心だった自分を問い詰めているようなところもあるし、無関心がいちばん怖いことだなと、みなさんも分かっていらっしゃると思いますけど、そこが小池さんの気持ちで、問い質しているところだろうなと思います。

吉川　ただ、逆にいうと「われわれ」全員が悪いんだとなると、責任があいまいになってしまう怖さもありますよね。「一億総ざんげ」みたいな無責任体制にもつながりやすい。難しい問題ですが、染野さん、どう思いますか。

染野　確認なのですけど、京都では、私たちの責任を問わなくていいのかというところで、いちばん問題になったのですか。

吉川　そうです。今の政治や社会を批判する歌は多いですが、それは「われわれが」生み出したんじゃないのかという視点が必要だという議論になったんです。ただ、その時に思ったのは「われわれは」と言ってしまったとき、言葉がすごく弱くなってしまうでしょう。

　安保についても、「われわれが」選挙で選んだ結果じゃないのかというふうに、自己批判になってしまうと、厳しい批評性が失われてしまう。それは表現としてどうなのか。

染野　ちょっと視点がズレますが、いまたぶん、作者として「われわれは」と言いたくなる状況にあるんじゃないですか。賛成であれ反対であれ、数が必要なんでしょうね。「われわれ」に巻き込まれている感じがします。

吉川　デモでも、やっぱり数が重視されますからね。

染野　作者としてそこに注意深くありたいというのが個人の意見です。読者として、たくさんの歌を見ていこうと思ったときに、賛成であれ反対であれ「われわれ」に巻き込まれると、それこそ自己規制とか、自粛が働いて、ある種の歌しか認められなくなるのではないか。それは読者側の思考停止で、読者の単なる自己肯定になるかなと思います。歌としては、いろいろ、ばんばん出てきたほうが良い。漠然とした言い方になりますけど、そう思いますね。

吉川　多様な歌があっていいんだ、ということなのですが、染野さんの歌で、

憲法ゆしたたる汗に潤える舌よあなたの全身を舐む　　染野太朗

これは分からなかったんですよ。「あなた」は「憲法」かなとは思いますが「憲法」の全身を舐めている、汗を舐めている。はっきり言うと、一体どういうことを詠っているのか、さっぱり分からなかった。すごく多義的な歌というか、ぼんやりとした曖昧な歌。これをどう読むのか。個人的には、今、憲法を性的に詠む意味があるのかなと疑問に思った。

もちろん、多義的で、どちらにも読めるのが短歌の大事な部分でもある。それは認めるんですが、現在の危うい状況を表現する場合に、それでいいのか。田村さん、どう思いますか。

田村　レトリックの問題にも関わってくると思いますが、多義的に、レトリックを駆使して詠った時、いちばん危ないんじゃないかなと思うのは、歌が難解な方向に向かってしまうことです。

例えば、安保法制に反対の立場で詠う、賛成の立場で詠う。必ずしも反対、賛成を表明して詠う必要はないかもしれないですが、反対、賛成、どちらとも取れるような歌を認めてしまうと、時局ががらっと変わったときに、後から作者が、実は反対だったんだよとか、賛成だったんだよというふうに、時局に迎合して、自歌自解を変えることもできてしまう。

考えすぎなのかもしれないのですけど、ある程度、読者が解釈できる言葉で語っていくこと

が、特に、政治とか社会問題について詠ううえでは必要なんじゃないかなと、私は思います。

吉川　三原さん、どうですか。

三原　そうですね。私は自分をストレートに出してしまう人間なので、レトリックに頼れるだけの心の余裕があるのだと感じてしまいます。

永田さんのお話を聞いたときに、私も同じく社会を詠うことに関して、レトリックを駆使するのはあまりよくないんじゃないかなと思います。

作品だから許されるのか、人間としての心持ちみたいなものか、どちらが問われるのかなと、いつも考えてしまうんです。

別に、心持ちが悪いからレトリックを使っていると言いたいわけではないんです。ただ純粋に考えてみたら、レトリックを使う余裕はあるのかなと思います。

吉川　三原さんの悩みはすごく難しい問題ですね。多義的な社会詠にも、もちろん、いい歌もあるんです。

たぶん永田さんも、そこに一番悩まれていると思うんですが。ストレートに言っちゃう歌だけだと、表現が狭くなってしまいますしね。

染野さん、言いにくい面もあるかもしれないけど、どうですか。

染野　吉川さんがおっしゃっているのは分かります。こういう状況、こういう時代といっていいのか分からないけど、いま、レトリックを使って、多義的に意味が取れる短歌はどうなのか。そもそも僕は、そんなにレトリックを駆使するタイプではないので、難しいのですけど。

ヒントをいただいたのは、永田さんのお話にあった、レトリックが自己目的化するのはまずい、腕の見せ所というかたちで事件に向かうとしたら、事件を単なる素材として扱っているだけだ、というところ。ある意味、言葉のゲームとして扱っている。

それが見える歌は、少し違うなと思いますが、例えば、平井弘さんの歌を挙げますね。

倒れ込んでくる者のため残しおく戸口　いつから閉ざして村は　　平井弘

これが多義的に取れるかというと、そうじゃないとは思うのですが、一九六一年から一九六五年につくられているはずです。戦争が終わった後の状況を村にたとえて、倒れ込んでくる者を戦死者と捉える読み方ができる。こういうふうにレトリックを使われたとき、私はやはり立ち止まるんです。これは何を表しているんだろうかと、自分のなかの知識を引っ張り出してきたり、調べたりする。その時間を与えられる点では、レトリックを使った多義的な歌であっても、読者としての私の思考は進む。だから、読者としての自分を信じるのであれば、レトリックを駆使した多義的な歌も私は肯定したい。ただ、吉川さんのおっしゃることもすごく分かる。

吉川　平井さんは子ども時代に疎開しているんですね。子どもだから、戦争とは何なのかが分からなかった。ある意味で、平井さんは永遠に子どもなんです。子どもの視線で、ずっと戦争を詠っているわけです。

だから、「戦死者」という言葉で割り切らない。子どもの目から見ているので、何か分からないものが帰ってきたという不気味なイメージをずっと手放さないで詠ってきた。だから、多義的であろうとする理由はすごく分かると思う。
染野さんの歌「憲法ゆしたたる汗に潤える舌よあなたの全身を舐む」について、なぜこのように詠うのか聞いてみたいけど、言いにくいよね。自分の歌はね。

染野　言いにくいですね…。ある歌人の友達に「この歌、力みすぎだよね」と言われたんですけど…。

田村　この歌は、吉川さんがおっしゃった、自分の身体に引きつけて詠う試みをしようとしたんじゃないのかな。
憲法は条文があって、言葉ですよね。この歌はたぶん、憲法九条を詠んでいるのだと思いますけれど、その憲法をいったん、したたる汗といって、身体的なものに引きつける。言葉の問題である憲法を、身体に引きつけて詠うという方法だったのかなと思います。ただ、どういう意味なのかは、なかなか取り方が難しいですね、確かに。

吉川　そうですね。身体に引きつけるといっても、なぜセクシャルな方向に行くのかが分かりにくい。でも、こういう歌について議論していくことは大切なのでしょう。
一つ思ったのは、「相対化」ということですね。例えば、フランスのテロ問題で、テロリストも悪いんだけども、フランスもずっとイラクなどを攻撃をしてきたわけじゃないですか。だから、どちらも悪いんじゃないのかというのが相対化なんですね。
いま、フランスでこの相対化の話をしたらすごく怖いでしょう。フランスの人から、ものすごい批難を受けるはずです。相対化することはとても勇気がいると思います。

でも、そうではない相対化もあるかもしれません。例えば、安保法制について、どっちもどっちだとか言うのは、全然レベルが違うなという気がしますね。

相対化する意味も、文脈によって全然変わってくるのかなと感じます。短歌でもしばしば相対化する表現は使われるのですが、どちらの立場にもつかない、ということで自分を安全地帯に置くための相対化には、警戒した方がよいと思っています。

質疑応答

吉川　あと十分くらい残っているので、会場からの発言にいきたいと思います。

会場1　大変貴重で、すごく面白かったです。レトリックについてのお話がとても心にかかりました。レトリックをどう捉えるかと考えたとき、人としてという立場と、詩歌を守るという立場があると感じました。自分も歌人として、歌を守ることは人を守ることと同じだと思うので、それがレトリックの捉え方になる。レトリックどころじゃないだろうということは、人は守るかもしれないけど、歌を手放すことになる。
でも、歌を命懸けで書いている方もいらっしゃるので、レトリックを手放さないことは、やっぱり、歌を手放さないこと。歌人としての命を守ることと、人としての命を守ることの両方に、レトリックが引っ掛かっていて、大変悩ましい問題になっているのではないかという感想を持ちました。ありがとうございました。

吉川　どうもありがとうございました。他にいらっしゃいますか。

会場2　私は、単なる啄木ファンに過ぎないのですが、啄木が好きだと、結果的に自民党に入れなかったんですね。なぜかと思いますと、彼の死後百年以上たって、彼の人生とかに関する著書がものすごく出ているんです。

先ほど永田先生から、政治家の言葉は前に出るという話がありました。歌人も前に出なければ駄目ですね。力にならないと駄目、ということは、自分の立場を明確に宣言するべきだと思います。

どういうかたちでやるのか。下手をしたら、政治家に歌人がレトリックとして使われるかもしれない。それをなくすためには、例えば、詞書というかたちで、私はこう思います、その結果つくった歌はこれですと表明する行動に出る。若い人はそういう刺激が好きですから、ＳＮＳとかで取り上げるのではないでしょうか。

例えば、ＳＥＡＬＤｓは、僕らのときと全然違うシュプレヒコールのやり方ですよね。ああいうことを手掛けてもいいいんじゃないか。そういうふうに感じました。歌に力が出てくるように、願っている次第です。

吉川　僕もＳＥＡＬＤｓのスピーチをよく聴くのですが、ＳＥＡＬＤｓは、自分の日常語でしゃべっていますよね。自分の生活実感から発想しているのがよく分かる。

二十年くらい前だと、天皇制に反対か賛成かとか、イデオロギーから入ってくる感じが強かった。いま、ＳＥＡＬＤｓの言葉があんなに伝わるのは、自分の日常的な身体感覚で語っているから聴く人の身体に響くんですね。

その辺りを短歌でもみんな悩んでいるんだと思います。日常の身体感覚を使って、どういうふうに時代を詠うか、そこがいちばん難しい問題じゃないかなと思います。他にいらっしゃいますか。


会場3　話を伺っていて、三原さんの話が印象に残りました。当事者意識がすごく強い、他人事じゃないんですよ。自分のふるさとがなくなってしまった。

さっきの責任論で言うと、第一義的な責任は、東電と国にあると思うのですが、われわれにもそれを選んでしまった責任、あるいは、原子力で生み出した電気を使った責任がありますね。

あと、戦争に関しては、戦前の歌人が戦争協力をしたことに責任があると思うのです。ところが、その責任論を、この会の呼び掛け人の三枝さんが『昭和短歌の精神史』のなかで全て否定してしまったと僕は読んだんです。

吉川　そういったことはないです。

会場3　いや、あれを読んでいちばん残ったのは、あのときはしようがなかったんだという結論なんですよ。何とか神話ということでもって、戦後の戦争責任を追及した歌人たちの労作を一蹴してしまった面があると思うんです。

今日の会は、言葉の問題に縛られていたので、非常に消化不良なのです。現実に起こっている危機は、観念的なものではないんですよ。実際に起こっていることなんですよ。

そこに、言葉という観念的なもので議論しても、進まないんじゃないかな。その点、三原さんの意見には当事者性があったので、説得力があったのじゃないかなと思いました。

いまＳＥＡＬＤｓの話が出ましたので、ひとつ宣伝します。私は、ミドルズというのをつくっています。四十代、五十代の男性でつくったのですが、全部素人です。今日、これから新宿のアルタ前に行って街頭宣伝をやります。そういう実践をしながら、実は、その関連の相聞歌五十首詠ができてしまいました。

さっき、実践と創作がどう結びつくかという話がありましたが、私は国会議事堂に七十回くらい通いました。そうすると、それが自分の生き方になっちゃうんです。自分の考えが、感想ではなくて、信念になっちゃうんです。そのなかで出会いがあって、それを相聞というかたちで表したんですが。

国会議事堂前での活動にいろいろ加わって、いろいろな人と出会って、いろいろな体験をして、いろいろなことを考えるなかで、自分の作品が変わってきたんですね。ですから、これからの短歌には、そういうことも求められるんじゃないかなと思いました。

今日は、新宿のアルタ前で仲間と一緒に街頭宣伝して、この集会の報告をします。

吉川　頑張ってください。当事者はもちろんですが、当事者以外が詠えないかというと、そうではなくて、当事者以外がどう詠うかも大切で、大きな問題ですね。沖縄の問題もそうで、沖縄の人以外、基地について詠ってはいけない、ということになったらおかしいでしょう。

三原　でも、憲法に関しては、みんなが当事者なわけです。原発に関しても、事故によっていろいろな被害を受けているわけだし、みんな当事者だと思います。

吉川　そうですね。福島以外の、京都や福井だって、もし事故があったらどうなるかということを想像することが大切なわけです。当事者だけが発言するのはまずい、絶対にね。

会場5　私は、愛知県からやって来ました。とてもタイムリーな、いい企画をやっていただいたので、やっぱりみんなで、これを盛り上げないといけないと思って本日は参りました。

社会詠とか機会詠とかいうことなしに、短歌が国民のものになっていく機会だと捉えていく必要があるんじゃないかと思うんです。

先ほどから、マイノリティの話が出ていますけれども、短歌、あるいは俳句を詠む人が、もっともっと多くの人たちに、自分の作品を示して、共感や一緒に頑張る気持ちをもり立てていくのが本旨だと思うんです。

もちろん、そのなかに、自分のつぶやきがあったり、心情の吐露があったりも当然あることですが、先ほど永田さんが言われたように、国民の多くの人たちと心を一つにしていく、あるいは、共有し合っていくということが大切だと思います。

なぜ短歌を詠むのか、もっと真剣に考えていかないといけないんじゃないでしょうか。私も十何年、短歌をやってきましたけれども、本当に足りないのは、率直に庶民や市民のなかに入って、自分の歌や、短歌に詠まれていることの評価を受けているかということです。

僕はシニアで、片手間にやることもあると思います。とりわけ、年を取ってくるとそうです。けれども、一時期、俵万智さんがブームを起こしてくれて、短歌のステップを上げてくれた。それと同じように、今回、国が右に行くか左に行くかという危機のときにこそ、短歌がさらに広く、深く、皆さんに注目をされて、共に頑張ってやっていこう、私も短歌を詠ってみたいわという気持ちが引き起こされるような機会にしていただく。

みなさん読者を持っていますかと、僕は訴えたい。私は、退職した教職員です。退職をした教職員のニュースに、隔月ですけれども、十首ずつ歌を詠んで出していています。そして今回の歌はどうだったか、友達の反応を集めるようにしていています。あるいは、町で短歌の会を開いていています。たかだか、そんなことです。

詠むのも大事ですが、詠んだものがどういうふうに評価されているか、どう思われているか。永田先生はしょっちゅう、詠み手でなくて、読み手を育てることが大事だとおっしゃっているが、短歌を詠んでいる人たちは、本当に自分の歌がどう読まれているか、考えているか。どういう反応があるか、肌身に染みて感じているかということを思います。

そこにこそ、私たちのエネルギーもあるし、持続力も出てくるんじゃないかという気がするのです。昔から、量から質への転換なんていう言葉がありますが、僕らが、歌を詠むのと同時に、読んでくれる人たちを組織していく。その人たちの声をすくい取っていくということを真剣に、短歌界は考えていただきたい。

吉川　では、最後に一言ずつ、語っていただけますか。

染野　私自身は、当事者か否かとか、そういうところで話していたつもりはないということを、ひとつ。三原さんの発言はすごく大切だと思うのですが、少し、いろいろと考えてしまいました。

それから、「こうあるべき」というような議論が始まる前に、もう少し自由に、「個」に踏みとどまりたいなというのがひとつ。すごく漠然としていますけれども、最後に思いましたね。

田村　今日は、講演、ミニトーク、パネルディスカッションと非常に勉強になりました、ありがとうございました。今回、政治の言葉と文学の言葉というのが、一つのテーマだったと思うのですが、法律と短歌は意外に共通点があって、法律や憲法は、解釈の問題がありますよね。短歌も、解釈や読みが、ものすごく重要です。もうひとつ、法律の民法と刑法は、最近まで文語、旧仮名だったりするんですね。意外に、法律と短歌は遠くて近いところにある。

法律の世界では、憲法の「解釈改憲」や、弾薬は武器じゃないという解釈が出てきたり、問題が起きています。そういった中で短歌の世界では、読みとか解釈を、日々の歌会とか批評の場で大切にしていきたいなと、強く思っています。以上です。

三原　今日は、あたまでっかち、スローガンにならないということを、とにかく言いたかったんです。短歌がスローガンにならないために、ということを考えたくて、どうしたらスローガンにならないのか。

自分が正しいんだ、というような感じで歌をつくってはいけない気がするんです。自分の愚かさと向き合うというか。染野さんは、当事者として話したわけじゃないと言っていたけれども、憲法に関しては当事者ですから。

染野　もちろんそうですよ。「当事者性」うんぬんを議論にしたわけじゃないということです。

三原　私は、結構それを強く意識して考えてしまう人間で、自分もついつい、こういう意見なんだけど、と押し付けてしまうときもあるのです。

いくら五七五七七という韻律でも、それがスローガンになってしまうと、またちょっと違う気がしていています。

何で歌のよさがあるかというと、木下孝一さんの、

示威の声満つる街路に仰臥して人、ひと、人は叢雲《むらくも》見しや　木下孝一

という歌があります。「安保関連法案反対の示威」という、詞書がついた歌です。新横浜プリンスホテルの公聴会のときに、少しでも国会の決議を遅らせようとして、皆さんが車の前に寝転がっている。その映像をテレビで見て詠んだのかもしれないし、実際に転がって空を見上げたのかもしれない。

こういうものに、とても感動を覚えます。だから、何々しようとかいうことばかりで短歌を終わらせてはいけないなと思うんですよね。

でも一方で、短歌をやっていない人にも、あ、この作品はすごく心にとどまるなあ。という衝撃を与えるような歌をつくっていくのも、これから、自分たちが作歌していくための決意として大事なのかなと思います。

これは反対の人がいても全然構わないのですが、例えばデモで、自分の短歌を掲げたらいいのかなと思って、実は、原発デモのときに、や

ってみたことがあるんです。
それを見て、声を掛けてくれた人もいました。別に目立ちたくてやったわけではなくて、当事者として、とにかく気持ちを伝えたいというのがあったんですけど、どう思いますか。

吉川 うーん、僕はまだちょっと恥ずかしいので、そこまではできないのだけれど。やれる人はやってみてください。

最後にまとめますけれども、一つ思ったのは、僕も原発問題をずっと詠ってきましたが、短歌のいちばん根幹にあるのは、やはり、自然でしょう。草とか木とか、山とか川とか、それを汚されるんですよ。これには本当に怒りを覚えます。僕自身の原動力になっているのは、短歌における自然なのだと改めて感じました。だから、短歌でどのように自然を表現するかという問題は、何度でも繰り返し考えていく必要があるんじゃないかなと思いましたね。

それから、

空撮のヘリからわれら見下ろされ大きな河の一滴となる　大槻和央

（「京都新聞」二〇一五年九月二十八日朝刊）

という歌があります。京都新聞に投稿された歌なのですが、心に残りました。

国会前のデモのときに、ヘリから写された写真を見て発想している。実は、僕もそのデモに行っていました。この歌を読むと、ぱっと浮かぶでしょ、その場面が。デモの情景がいきいきと思い出されます。先ほど、記憶すること、ずっと忘れないという話がありましたが、忘れないために歌を覚えていくというか、こういう歌を記憶して大事にしたいなという思いがあります。

　短歌は小さいけれども、大きな川の一滴になれるんだと、この歌は感じさせて、僕は感動したんです。一人一人の言葉は小さいけれど、多くの人が自分の言葉で表現していくことで、時代は変わっていくのではないか。そんな希望を感じさせます。今日、来ていただいた方々には、ぜひ、この歌を覚えていってほしいなと思います。

＊参考資料

永田 和宏

●安倍政権のこれまで
1．特定秘密保護法　2013.12.6
2．武器輸出三原則の改変⇩防衛装備移転三原則　2014.4.1
3．安保法案強行採決（集団的自衛権と憲法の解釈改憲）　2015.7.16&9.19

●安倍政権のこれから
1．憲法改変　自民党憲法草案

●これまでの政治闘争と今回の違い
1．六〇年安保闘争
2．七〇年学園闘争
3．SEALDsと解釈改憲、集団的自衛権

●私自身のこれまでの発言と行動
1．朝日新聞「知る権利」と「知る義務」2013.12.28
2．赤旗「現在の民意」と「歴史的な民意」2014.3.26
3．京都新聞「民主主義の根幹たる言葉が危機に瀕している」
4．憲法を考える歌人のつどい@日比谷（2014.11.16）
岩倉9条の会@京都（2015.7.5）
緊急シンポジウム学者の会×SEALDsKANSAI「本当に止める」@京大（2015.7.14）
学生と学者による街頭宣伝行動@新宿ホコ天（2015.9.6）
緊急シンポジウム「時代の危機に抵抗する短歌」@京都教文センター（2015.9.27）

●民衆から言葉が奪われてゆく4つのステップ

1. 言論抑圧
2. 自粛という形の萎縮
3. 言葉に対する脱感作、不感症の誘導
4. 抵抗できないオールマイティの言葉が民衆を追い立てる

●歌人として「時代に向き合う」とはどういうことか？

1. 機会詠とは何か？ その意義
2. 傍観から関与へ 素材として政治が択ばれるということ
3. レトリックと思いを届けようとする意志
4. 詠い続ける意志
5. 創作と行動「紅旗征戎吾ガ事ニ非ズ」か、「書を捨てよ、町へ出よう」か
6. 沖縄をどのように自己化できるか？ 沖縄問題と難民問題の同一性

●新聞歌壇（朝日新聞「歌壇」）より

総理大臣からその国を守らねばならないといふこの国の危機　岡山市　梶谷基一　15.9.7

あの時に止められなかった大人たちと未来の人から言われたくない　松阪市　こやまはつみ　13.12.23

自らは侵略者だとは言わぬもの誰もが自衛と言って始める　堺市　根来伸之　14.9.15

支持されてゐるからと言ひ支持率を下げてもやると今度は言へり　熊谷市　内野修　15.8.16

新聞が責められているされどされど萎縮するなら新聞の死だ　東京都　十亀弘史　14.10.27

記事の量も歌も潮の引きしごと過去となりゆく秘密保護法　所沢市　風谷螢　14.4.21

決めてさえしもたらみんな忘れるとなめたらあかんで国民を　廿日市市　上谷美智代　15.10.26

わずか前の強行採決のことなども忘れはじめて十月となる　登別市　松木秀　15.10.26

「しょうがない」は日本人の悪いくせ九条原発

秘密保護法　さいたま市　田中ひさし　14.5.19
非国民国賊に代わり国益が独り歩きをする兆しあり
相模原市　荒井篤　15.11.8

●私自身の歌より
戦後七〇年いまがもつとも危ふいとわたしは思ふがあなたはどうか
永田和宏
権力にはきつと容易く屈するだらう弱きわれゆゑいま発言す
権力はほんとに怖いだがしかし怖いのは隣人なり互ひを見張る
なによりも先に言葉が奪はれて言葉が民衆を追ひ立てるのだ
まさかそんなとだれもが思ふそんな日がたしかにあつた戦争の前
自粛とふたとへばそんな迎合がすぐそこにもう見えるではないか
「私はシャルリー」にいまノンを言へぬフランスはかつてのそしてこののちの日本
馴らされてゆく言葉こそが怖しい初めは誰もが警戒するが
正念場とふ場があるならば今こそと反安倍の歌けふも採りたり

今野　寿美

◎言葉がさらされる危うさは表現の危うさを意味している。作品は、ときに時代状況のなかで曲解され悪用もされる。

●与謝野晶子の詩「君死にたまふこと勿れ」が新詩社の歌誌「明星」（明治37年9月）に掲載される。
［第三連］
君死にたまふことなかれ
すめらみことは戦ひに
おほみづからは出でまさね
かたみに人の血を流し
獣《けもの》の道に死ねよとは

死ぬるを人のほまれとは
大みこゝろの深ければ
もとよりいかで思《おぼ》されむ
（どうしてお思いになるであろう。お思いになるはずはない。）　**＊「いかで」による反語の文脈**

●大町桂月《おおまちけいげつ》が「太陽」（37年10月）誌上で晶子の詩を批判。珠に第三連を問題視した。

草莽の一女子、…教育勅語、さては宣戦詔勅を非議す。大胆なるわざ也。…世を害するは、実にかゝる思想也。

●桂月への反論として晶子が「明星」（37年11月）に「ひらきぶみ」を書く。

当節のやうに死ねよ〳〵と申し候こと、又なにごとにも忠君愛国などの文字や、畏おほき教育勅語などを引きて論ずることの流行は、この方却て危険と申すものに候はずや。

歌は歌に候。…まことの心を歌ひおきたく候。

●評論家剣南が「読売新聞」（37年11月13日・日曜付録［警露集］）で晶子を擁護。弟の無事を祈る表現が人情に基づいていることを訴えた「ひらきぶみ」を「言ひ得て好し、」と賞賛。

●桂月が「太陽」（37年12月）で剣南に反論。

弟を懐ふに、縁の遠き天皇を引き出し、大御心の深ければ、国民に戦死せよとは宣給はじといふに至っては、**反語的、もしくは婉曲的**の言ひ方と判断するの外なし。

●剣南「理情の弁」（37年12月11日）を書き桂月と応酬。

●桂月が「太陽」（38年1月）に剣南への反論「詩歌の骨髄」を書く。

（第三連引用）意味を、直言的にわかり易く言ひかへて見よ、「天皇親からは、危き戦場には、臨み給はずして、宮中に安坐して居り給ひながら、死ぬるが名誉なりとおだてゝ、人の子を駆りて、人の血を流さしめ、獣の道に陥らしめ給ふ。残虐無慈悲なる御心根哉」と云ふことになる也。これ啻に詩歌の本領を失へるのみならず、日本国民として、許すべからざる悪口也、毒舌也、不敬也、危険也。

●晶子・山川登美子・増田雅子の合同詩歌集『恋衣』（38年1月）刊。「君死にたまふことなかれ」収録。

●平出修、与謝野寛らが桂月宅において談判。桂月による第三連の解釈に異議を唱える。「明星」（38年2月）にその記録「詩歌の骨髄とは何ぞや」を掲載。

貴下は此詩を一覧せしのみにて深く之を究むる以前、作者が非帝国主義を謡へるものとの予断を下し、然る後**自己一流の解釈法**を採りたるにあらざるか。

然らば貴論中に見ゆる「乱臣賊子云々」の語は、甚しき暴言にあらずや。

●（桂月答えて）それ丈けの感情を平時に云ふならば可ならむも、挙国一致の今日、宣戦の詔勅に対して畏れ多し。

（桂月答えて）或は詮索に過ぎたる点もありたらむ。

（桂月窮して）文章上修辞の勢にて彼の如き文字を用ゐたり。今思へば不穏の文字にして、晶子女史には気の毒なり。

●桂月の訃報を受けて晶子が「横浜貿易新報」（大正14年6月14日）に回想を書く。

私は曾て日露戦争に出征した弟のために「君死にたまふこと勿れ」と云ふ詩を公にして、桂月先生の反駁を受けた。先生も真面目であつたと共に私も真面目であつた。

○

●「君死にたまふことなかれ」その後

＊なぜか「君死にたまふことなかれ」には反戦、天皇批判（→天皇制批判）のレッテルが貼られ、定着してしまった。その結果、太平洋戦争敗戦までは危険思想視され、敗戦後は一転して晶子の不屈の精神、反戦思想（→平和主義）をもてはやすような読み方さえされ、今日に至っている。

君死にたまふことなかれ
×××××は戦ひに
××××からは出でまさね
かたみに人の血を流し
×××××よとは
死ぬるを人の×××とは

渡辺順三『史的唯物論より観たる近代短歌史』（改造社・昭和7年12月）刊行時の第三連

「改造社では発禁をおそれて、私から見て必要以上と思われるほど伏字にしていたので××だらけであった。」

渡辺順三『烈風のなかを』（新読書社・昭和34年12月刊）

＊トルストイの日露戦争論（「タイムズ」1904年6月）における皇帝批判と「君死にたまふことなかれ」の関係

藤森研「100人の20世紀」（「朝日新聞」平成10年7月26日）

＊「（桂月は、第三連を）天皇制批判だと、正しく解釈したのだ。自分よりも敵が詩の中心を見抜いた例である」

米田利昭『和歌文学大系26東西南北／みだれ髪』月報（平成12年6月・明治書院）

◎曲解され悪用され自主規制まで施された文学作品の正しい読みを取り戻す必要がある。

●文学の言葉と政治の言葉

「（自衛隊の武力行使を可能にした安全保障関連法は）戦争を未然に防ぐ法律です」

（首相・２０１５年９月19日）

兵站を後方支援と呼び替えて再び戦で死ねというのか　松野好秀（「短歌」２０１５年９月）

兵站＝作戦軍のために、後方にあって車両・軍需品の前送・補給・修理、後方連絡線の確保などに任ずる機関（広辞苑）

・思いやり予算・一億総活躍・積極的平和主義

お金を出すだけで武力を行使しないのであれば国際貢献にならないという考え（１９９１年の湾岸戦争〜）→自衛隊海外派遣→アフガニスタン紛争に際して海上自衛隊がインド洋給油活動（２００１年）→イラク戦争に際して陸上自衛隊派遣（２００４年）

→→→→武器が使えたら…

「防衛関係者の長年の悲願でありながら、なかなか日の目を見なかった純国産戦闘機構想が動き出す。機体からエンジンまでをオールジャパンで手掛ける「先進技術実証機」（通称心神）が来年1月、初飛行する」　２０１４年10月28日付け日経紙面「電子版この1本」（27日掲載）

「（福島第1原発）汚染水は完全にブロックされています」　（首相・２０１３年９月オリンピック招致プレゼン）

「海側遮水壁が完成」と報道　（２０１５年10月26日）

吉川　宏志

① 高山《たかやま》の雪を滑りに行くをとめ楽しき顔をしたるものかも

斎藤茂吉『寒雲』1940　巻頭「豊年」五首　三・四首

②　ひとつ國興《おこ》る力のみなぎりに死ぬるいのちも和《のど》にあらめや

●染野太朗

③　憲法ゆしたたる汗に潤える舌よあなたの全身を舐む
角川「短歌」2015.10

④　福嶋を原発野郎と笑う生徒を叱ることさえうまくできない
「まひる野」2012.5

⑤　「ファットとマンの間《と》に・《てん》は要りますか」問われてしばし窓の外を見る
『あの日の海』2011

●田村元

⑥　再稼働のニュースを読みきジェラートに甘くなりたる口をむすんで
「歌壇」2015.10

⑦　戦後七十年目のわれに刺さりくるノルウェー産の鯖の小骨が
「りとむ」2015.3

⑧　原子炉を抱いてしづかに帰港する大統領の名をもつ空母
『北二十二条西七丁目』2012

●三原由起子

⑨　ふるさとは小分けにされて真っ黒な袋の中で燃やされるのを待つ
「日月」2015.2

⑩　水平線がわたくしたちの水平線が侵されてゆく真っ黒になる

⑪　復讐と同じくらいに復興という語おそろし人が恐ろし
「日月」2015.6

●京都のシンポジウム（9月27日）で議論になったこと

一　「私たち」の責任を問わなくていいのか

⑫　いつ見ても空手で歩く安倍首相カバンは〈日本会議〉が持つや
高野公彦「現代短歌」2015.7

⑬　原発事故は人災といふその「人」は誰かわれらみづからにあらずや
小池光『思川の岸辺』2015

二　〈個〉として歌うとき「安保法制賛成」等の立場も認められるのではないか　デモで〈個〉は消え

るか

⑭ツイッターにデモへの参加書きしるす能動性をしばしあやしむ　栗木京子『水仙の章』2013

三　レトリックは不要か　比喩的に／多義的に　歌うことの是非

⑮糸満の平和の礎《いしじ》に見出せるその名悔しも靖國にまた　水原紫苑『光儀』2015

⑯福島より来たりて宮崎の土を指し「これさはつてもいいの」と訊けり　大口玲子『桜の木にのぼる人』2015

⑰三割がＰＴＳＤといふ帰還兵　残る七割の「正常」思ふ　伊藤一彦『月の夜声』2009

⑱空撮のヘリからわれら見下ろされ大きな河の一滴となる　大槻和央「京都新聞」2015.9.28

染野　太朗

●読者について

1

玉砕だあ　叫ぶ声ありはつなつの考査終はりしざわめきのなか　大松達知『アスタリスク』

形容詞過去教へむとルーシーに「さびしかつた」と二度言はせたり　大口玲子『海量』

日本語会話中級クラスの八人に「惚れた弱み」といふ語教へつ

虐殺を言ふときも日本語教師にて初級文法はみ出し喋る

右ばかり向いて金魚が泳ぎをり水槽の幅が狭すぎるのだ　田村元「短歌往来」平27・11月号

定食がふたつ載りきらない卓で決めているごく近未来のこと　雪舟えま「短歌」平27・11月号

2

「賛成」のデモに集へり我もまた平和願ふに相違なければ　小林信也「歌壇」平27・11月号

アンポハンタイ叫びて近所を練り歩き父に叱られき六歳の我は
人の父となりて都会の大道を安保サンセイ唱へて歩く

「自衛隊」のまま征かせるな、面上《おも》げて交戦権を取り戻すべし
　　　　高島裕「歌壇」平27・11月号

戦場は机上にあらず、綿雲に包《くる》んだままで征かせるなゆめ

3

i

倒れ込んでくる者のため残しおく戸口　いつから閉ざして村は
　　　　平井弘『前線』

あいまいになりゆきながら草原にかつてくさむす前の兄らよ
あじさいの朝の戸口をひきかえしゆく足音のなかのへいわよ
はね毟ることより鶏の生きかえることが怖ろしくていもうとよ

貝殻にみちているのは貝の肉　兵役義務兵役免除兵役拒否　　加藤治郎「歌壇」平27・11月号

集団的自衛権の行使には「必ずしも死者が出ることを必要とはしない」（中谷元《げん》防衛相）

死者なき戦争それをかなたの虹としてぼおんぼおんと顔が弾ける
ごめんなさいデモには行きたくない　すーっと風から夜が始まってゆく
　　　　北山あさひ「短歌研究」平27・11月号

ii

不意に優しく警官がビラを求め来ぬその白き手袋をはめし大き掌
　　　　清原日出夫『流氷の季』

何処までもデモにつきまとうポリスカーなかに無電に話す口見ゆ
一瞬に引きちぎられしわがシャツを警官は素早く後方に捨つ
中庸を説きて誤字多き母の手紙むしろ励ましと

してデモに行く

春空はゆるくひろがりデモのまえ旗竿に旗を結わう人あり

吉川宏志『燕麦』

声を出すことにしだいに慣れてゆき腹をのぼりて声が出てくる

デモ隊に停められている車より手が出たり煙草の灰をこぼせり

田村 元

●一

天皇が原発をやめよと言い給う日を思いおり思いて恥じぬ

吉川宏志『燕麦』

脱原発デモに行ったと「ミクシィ」に書けば誰かを傷つけたようだ

三原由起子『ふるさとは赤』

●二

兵隊にとられるからワタシ産まないのと女《め》の声のする　振り向けず

佐藤通雅「逆走」「短歌」二〇一五年十一月号

賛成の方はご起立願ひます　そのままいつまでも起つてをれ

「ふくしま」と聞こえるほうに耳は向く仮寓の居間の団欒のとき

三原由起子「パープルセージ」「短歌」二〇一五年九月号

●三

ママいいよぼくこのままでいいと吾子は言ふなり本当にいいか

高木佳子『青雨記』

をのこごは散髪反対と叫んでゐた原発反対に飽いたのだつた

イラク戦逃れて戻りし沖縄にわれは砂漠の砂こぼしゆく

伊波瞳『サラートの声』

広大な米軍基地を縁取りて芋を植えゆく黙認耕作地

啄木が捨てたふるさと　ふるさとに帰れぬ春を
咲く梅のはな　　本田一弘『磐梯』

三原　由起子

●短歌があたまでっかちにならないために
・予備知識を持ちつつ、「書を捨てよ、町へ出よう」
（寺山修司）
・デモの現場に行ってみる、参加してみる
・情報を問う
・歌壇を飛び出し、歌壇に戻る→歌壇も社会の縮図であるから、歌壇が変われば社会も変わる

かみ合わぬ理論投げ合い疲れ果てかたみに寂し
く見つめあいたり　道浦母都子『無援の抒情』

●短歌がポーズにならないために
・少数派について考えてみる→少数派を知ることが社会のゆがみを知ることになる
・社会の中での自分の場所を正しく知る→自分たちは本当に一億総中流なのか
・短歌は誰に、何に向かうのか
・誰でも弱者に成り得る
・一億総活躍、一億総中流という言葉に踊らされない
・「一家言」に靡かない、踊らされない

私は一家言というものを好まない。元来一家言は論理性の欠如をその特質とする。即ち人柄とか社会的地位の優位を利用して正当な論理を圧倒し、これを逆にしていえば人柄や地位の優位に論理の役目を果させるのである。

坂口安吾「一家言を排す」（昭和十一年）

言ひ囃《はや》す復興とやらはそも何ぞ思はむとして心
の黙《もだ》す　　玉城徹『香貫』

〈復興〉の名あればけだしその陰に排《お》しのけら

れむ者いくそばく

●短歌がスローガンにならないために
・その人そのものの姿勢
・いかに当事者としての自分を詠うか
・自分の愚かさと向き合う
・きれいごとにならない

示威の声満つる街路に仰臥して人、ひと、人は
叢雲《むらくも》見しや（安保関連法反対の示威）
木下孝一
「叢雲見しや」（「うた新聞」二〇一五年十月号）

プロフィール

佐佐木幸綱（心の花）
昭和13年東京都生まれ。歌集に『群黎』、『金色の獅子』、『呑牛』、『ムーンウォーク』、『ほろほろとろとろ』など。評論集に『底より歌え』、『万葉集の〈われ〉』など。読売文学賞、迢空賞など受賞多数。

三枝昻之（りとむ）
昭和19年山梨県生まれ。歌集に『やさしき志士達の世界へ』、『水の覇権』、『農鳥』、『天目』、『上弦下弦』など。評論集に『昭和短歌の精神史』、『啄木―ふるさとの空遠みかも』など。芸術選奨文部科学大臣賞、若山牧水賞など受賞多数。

永田和宏（塔）
昭和22年滋賀県生まれ。歌集に『メビウスの地平』、『華氏』、『饗庭』、『風位』、『夏・二〇一〇』など。評論集に『表現の吃水』など。エッセイ集に『歌に私は泣くだらう』など。読売文学賞、迢空賞など受賞多数。

今野寿美（りとむ）
昭和27年東京都生まれ。歌集に『花絆』、『世紀末の桃』、『龍笛』、『かへり水』『さくらのゆゑ』など。評論集に『わがふところにさくら来てちる―山川登美子と「明星」』など。歌書に『歌がたみ』など、日本歌人クラブ賞など受賞。

中津昌子（かりん）
昭和30年京都府生まれ。歌集に『風を残せり』、『夏は終はつた』『芝の雨』、『むかれなかった林檎のために』など。現代歌人集会賞など受賞。

吉川宏志（塔）
昭和44年宮崎県生まれ。歌集に『青蟬』、『海雨』、『曳舟』、『燕麦』など、評論集に『風景と実感』、『読みと他者』など。寺山修司短歌賞など受賞多数。

プロフィール

松村正直（塔）
昭和45年東京都生まれ。歌集に『駅へ』、『やさしい鮫』、『午前3時を過ぎて』。評論集に『短歌は記憶する』。佐藤佐太郎短歌賞など受賞。

黒瀬珂瀾（未来）
昭和52年大阪府生まれ。歌集に『黒耀宮』、『空庭』、『蓮喰ひ人の日記』。歌書に『街角の歌』。前川佐美雄賞など受賞。

染野太朗（まひる野）
昭和52年茨城県生まれ。歌集に『あの日の海』。日本歌人クラブ新人賞受賞。

田村元（りとむ）
昭和52年群馬県生まれ。歌集に『北二十二条西七丁目』。日本歌人クラブ新人賞など受賞。

澤村斉美（塔）
昭和54年岐阜県生まれ。歌集に『夏鴉』、『galley』。現代歌人集会賞など受賞。

三原由起子（日月）
昭和54年福島県生まれ、歌集に『ふるさとは赤』。「セカンド」で短歌研究新人賞候補作。

時代の危機と向き合う短歌
――原発問題・特定秘密保護法・安保法制までのながれ

初版発行日　二〇一六年五月八日
編　集　三枝　昂之
　　　　吉川　宏志
定　価　一五〇〇円
発行者　永田　淳
発行所　青磁社
京都市北区上賀茂豊田町四〇―一（〒六〇三―八〇四五）
電話　〇七五―七〇五―二八三八
振替　〇〇九四〇―二―一二四二二四
http://www3.osk.3web.ne.jp/~seijisya/
装　幀　青磁社
印刷・製本　創栄図書印刷
ISBN978-4-86198-347-4 C0095 ¥1500E

本書の無断複写は、著作権法上での例外を除き、禁じられています。